Richard Wagner

Die Meistersinger von Nürnberg

Richard Wagner

Die Meistersinger von Nürnberg

ISBN/EAN: 9783743625136

Hergestellt in Europa, USA, Kanada, Australien, Japan

Cover: Foto ©Andreas Hilbeck / pixelio.de

Manufactured and distributed by brebook publishing software
(www.brebook.com)

Richard Wagner

Die Meistersinger von Nürnberg

Die Meistersinger von Nürnberg

Von

Richard Wagner

Vollständiges Buch

Herausgegeben und eingeleitet
von Georg Richard Kruse

Verlag von Philipp Reclam jun. Leipzig

Druck von Philipp Reclam jun. Leipzig

Printed in Germany

München.

Königl. Hof- und National-Theater.

Sonntag den 21. Juni 1868.

Mit aufgehobenem Abonnement.

Zum ersten Male:

Die
Meistersinger von Nürnberg.

Oper in drei Aufzügen von Richard Wagner.

Regie: Herr Dr. Hallwachs.

Personen:

Hans Sachs, Schuster		Herr Betz.
Veit Pogner, Goldschmied		Herr Bausewein.
Kunz Vogelgesang, Kürschner		Herr Heinrich.
Konrad Nachtigall, Spängler		Herr Sigl.
Sixtus Beckmesser, Schreiber		Herr Hölzel.
Fritz Kothner, Bäcker		Herr Fischer.
Balthasar Zorn, Zinngießer	Meistersinger	Herr Weixlstorfer.
Ulrich Eißlinger, Würzkrämer		Herr Hoppe.
Augustin Moser, Schneider		Herr Pöppl.
Hermann Ortel, Seifensieder		Herr Thoms.
Hans Schwarz, Strumpfwirker		Herr Grasser.
Hans Folz, Kupferschmied		Herr Hayn.

Walther v. Stolzing, ein junger Ritter aus Franken	Herr Nachbaur.
David, Sachsen's Lehrbube	Herr Schlosser.
Eva, Pogner's Tochter.	Fräulein Mallinger.
Magdalene, Eva's Amme	Frau Diez.
Ein Nachtwächter	Herr Ferdinand Lang.

Bürger und Frauen aller Zünfte. Gesellen. Lehrbuben. Mädchen. Volk.

Nürnberg.

Um die Mitte des 16. Jahrhunderts.

Neue Dekorationen:

Das Innere der Katharinenkirche in Nürnberg, Straße in Nürnberg, Werkstätte des Hans Sachs von den K. Hoftheatermalern Herrn Angelo Quaglio und Christian Jank. Freier Wiesenplan bei Nürnberg vom K. Hoftheatermaler Herrn Heinrich Döll.

Neue Costüme nach Angabe des K. technischen Direktors Herrn
Franz Seitz.

1*

Aus wenigen Notizen in Gervinus' Geschichte der deutschen Literatur haben die ‚Meistersinger von Nürnberg‘, mit Hans Sachs, für mich ein besonderes Leben gewonnen. Namentlich ergötzte mich schon der Name des ‚Merkers‘, sowie seine Funktion beim Meistersingen, ungemein. Ohne irgend Näheres von Sachs und den ihm zeitgenössischen Poeten noch zu kennen, kam mir auf einem Spaziergange die Erfindung einer drolligen Szene an, in welcher der Schuster, mit dem Hammer auf den Leisten, dem zum Singen genötigten Merker, zur Revanche für von diesem verübte pedantische Untaten, als populär handwerklicher Dichter eine Lektion gibt. Alles konzentrierte sich vor mir in die zwei Pointen des Vorzeigens der mit Kreidestrichen bedeckten Tafel von seiten des Merkers und des die mit Merkerzeichen gefertigten Schuhe in die Luft haltenden Hans Sachs, womit beide sich anzeigten, daß ‚versungen‘ worden sei. Hierzu konstruierte ich mir schnell eine enge, krumm abbiegende Nüremberger Gasse mit Nachbarn, Alarm und Straßenprügelei als Schluß eines zweiten Aktes — und plötzlich stand meine ganze Meistersingerkomödie — — vor mir.“ So schildert Wagner in „Mein Leben“ die Konzeption seines volkstümlichsten Bühnenwerkes.

Die Entstehungsgeschichte der „Meistersinger“ vom Marienbader ersten Entwurfe (1845) bis zur Münchener Uraufführung (1868) ist in Chops Erläuterungen zu dem Werke *) eingehend geschildert worden und soll hier nicht wiederholt werden. Dagegen sei dieser erste Entwurf selbst mitgeteilt, dessen Vergleichung mit der endgültigen Fassung, wie sie dieses Buch bringt, einen interessanten Einblick in Wagners Schaffensweise gewährt und uns die Vertiefung erkennen läßt, die der Inhalt erfuhr, während die äußere Form fast völlig unverändert blieb. Die

---

*) Universal-Bibliothek Nr. 4846. Vgl. auch Golther, Wagner-Biographie, Universal-Bibliothek Nr. 1660—62.

wichtigſte Veränderung iſt die ſich auf das Verhältnis
zwiſchen Sachs und Evchen beziehende. Weder der erſte,
noch der zweite oder dritte Entwurf (aus dem Jahre
1861) weiſt die große Szene zwiſchen beiden im zweiten
Aufzug auf, und Sachs iſt Evchen ein durchaus fernſtehen-
der, kaum näher bekannter Mann, überhaupt nur der
Schuſter. Erſt in der ausgeführten Dichtung kennt er
Pogners Tochter von Kindheit an, hat ihren Sinn für das
Schöne geweckt; er liebt ſie und würde ſie erſingen; da
findet ſich gerade zur Zeit noch der „Rechte”; der alte
Meiſter erinnert ſich ſeines traurigen Stücks von „Triſtan
und Iſolde”, bezwingt ſeines „Herzens ſüß' Beſchwer”
und entſagt mit Seelengröße, die ſich in das Gewand des
Humors kleidet. Damit iſt die ganze Handlung in ein
anderes Licht gerückt und unſerem innerſten Empfinden
nahegebracht worden. Auch in der Schilderung des Mei-
ſterſingertums und ſeiner Vertreter iſt die bittere Ironie,
aus der heraus der Entwurf entſtand, einer erlöſenden
Heiterkeit gewichen, und das iſt um ſo bedeutſamer, als
Wagner zur Zeit, da er die Dichtung vollendete, inmitten
des Kampfes um ſein Kunſtwerk ſtand, aufs heftigſte an-
gegriffen von aller Welt, über deren Wahn er ſich, wie
ſein Walther Stolzing , kühn und mit ſtolzer Verachtung
erhebt. So ſehen wir, daß ſein Beckmeſſer entſtanden
war, ehe der Meiſter noch ernſte Veranlaſſung gehabt
hätte, ſeine Kritiker lächerlich zu machen, und daß ſein
Spott keineswegs gegen eine beſtimmte Perſönlichkeit
(worauf die Namengebung im zweiten und dritten Entwurf hindeutet) gerichtet war.

Die vom 16. Juli 1845 datierte Skizze führt den
Titel

Die Meiſterſinger
Komiſche Oper in drei Akten.

Erſter Akt. Eine Kapelle in der Sebalduskirche zu
Nürnberg, ſeitwärts dem Schiff zugehend. Schluß der
Vesper — man hört das Orgelnachſpiel. Kirchgänger ver-
laſſen den Dom.

Ein junger Mann nähert ſich einem jungen, reichen
Bürgermädchen — ſie hat ihn erwartet und ermahnt ihn
zur Vorſicht. Flüſterndes, aber leidenſchaftliches Geſpräch,
mehreremal unterbrochen durch den Wiedereintritt der

Orgel und durch die ängstlichen Erinnerungen des
Mädchens zur Vorsicht, denen der junge Mann, immer
mit einem gewissen geräuschvollen Ungestüm, sich hinter
eine Säule verbergend, nachkommt, wodurch das Mädchen
jedesmal in nicht geringe Pein gerät. Je nach jeder
Unterbrechung der Art beginnt allmählich wieder die
Fortsetzung ihrer Unterhaltung — folgenden Inhaltes:
Der junge Mann, Sohn eines verarmten Ritters, ist
nach Nürnberg gekommen, sich um die Aufnahme in die
Zunft der Meistersinger zu bewerben: er liebt glühend
die Dichtkunst und ist zu dieser Liebe entflammt durch
das Heldenbuch, Wolframs Werke u. dgl. Er hatte sich
bei dem Ältesten der Zunft gemeldet und dort dessen
Tochter kennengelernt; beide liebten sich schnell. Um die
Tochter bewirbt sich aber der Merker: der Alte hat jedoch
die Bedingung gestellt, daß nur der die Gunst seiner
Tochter erhalten solle, der bei dem öffentlichen Singen auf
der Johanniswiese — bei welchem das Volk den Preis
zu erkennen hat — diesen ersten Preis erhalte. Die
Tochter hat dazu noch die besondere Bedingung auszu-
wirken gewußt, daß auch sie zu diesem Preise übereinstimmen müsse. Auf diese Bedingung baut das junge
Paar seine Hoffnung. Der junge Mann will sich heute
noch in die Zunft aufnehmen lassen; denn nur als
solchem wird es ihm erlaubt, in dem öffentlichen Singen
mit aufzutreten. Besorgnisse, Hoffnungen. Sie verab-
reden sich zu einem Stelldichein diesen Abend am Hause
des Vaters. Das Mädchen wird durch die Haushälterin
abgerufen; als die beiden Frauen sich entfernen, bemerkt
die Alte den Lehrburschen des Hans Sachs — sie ruft
ihm halblaut zu: (schmachtend) „David!" Er antwortet
verschämt „Frau Magdalene!" Der junge Mann hat
sich ebenfalls verloren. Nach völlig beendigtem Gottes-
dienst treten nach und nach die Meistersinger ein. Ihnen
ist zu ihren Versammlungen und Übungen diese Kapelle
der Kirche nach dem Nachmittagsgottesdienste überlassen.
Diener der Meistersinger, unter ihnen auch der Lehrbursche des Hans Sachs, richten die Kapelle zur Sitzung
der Meister her: Stühle, Bänke — Bücher — Tafeln
werden aufgehängt usw. Einzelne Meister treten im Gespräche auf: man traut dem Sachs nicht recht und zwei-

felt, ob er es ehrlich mit der Zunft meine. — Der Alte
und der Merker: letzterer sucht den Alten unbedingt zu
seinen Gunsten für seine Brautwerbung zu stimmen. Der
Alte wünscht aufrichtig, es möge dem Merker morgen
der Preis zuerteilt werden. Der Merker hat Bedenken
wegen der Stimme des Volkes und wünscht lieber durch
die Meister gerichtet zu werden. Der Alte: „Ihr habt
ja noch die Stimme meiner Tochter" — er will nicht vom
Übereinkommen ablassen. —

Hans Sachs tritt dazu: die Versammlung ist voll=
ständig; einzelner Namensaufruf: — Die Sitzung beginnt.
Der Alte eröffnet feierlich seine Absicht, das morgige
Johannis=Singen zur Brautwerbung zu benutzen; es
könne nur das Ansehen ihrer Kunst vermehren, wenn
sie ab und zu dem Urteil des Volkes unterworfen würde;
deshalb solle es die erste Stimme haben, die Meister die
zweite, und wenn beide nicht übereinstimmen, soll die
Braut den Ausschlag geben. Wer den ersten Preis ge=
winne, solle die Hand seiner Tochter erhalten: er wolle
somit zeigen, daß die Zunft auch noch alte Rittersitte
pflege usw. Man geht zur Aufnahme in die Zunft: heute
soll das Probesingen stattfinden. — Der junge Mann wird
eingeführt; er ist verwirrt und glaubt vor einer Minne=
singer=Versammlung zu stehen. — Nachdem er gehörig
ausgefragt, wird er auf die Gesetze der Zunft verwiesen:
die Beamten werden ihm vorgestellt: Hans Sachs ist für
die Zeit Gesetzbewahrer: er muß dem jungen Mann sie
vorlesen und auf alle Erfordernisse aufmerksam machen.
Hans Sachs tut dies alles mit Beimischung von Jronie:
— den Meistern kommt sein Benehmen dann und wann
bedenklich vor. Er redet dem jungen Mann scharf zu,
so daß dieser ziemlich ängstlich und verschüchtert wird.
Endlich soll sein Probegesang beginnen. Der Merker
setzt sich in Positur — ein Lehrling stellt sich an die
Tafel, um die Fehler anzustreichen. — Der junge Mann
faßt Mut — „in welchem Tone soll ich singen: von Sieg=
fried und Grimmhilde?" — Die Meister erschrecken und
schütteln die Köpfe. — Der junge Mann: „Nun denn,
im Tone Wolframs von Parzival?" — Neuer Schreck,
neues bedenkliches Kopfschütteln. — Der Merker: „Singt,
wie's in den Gesetzen steht, die Euch bekannt gemacht."

— Der junge Mann sammelt sich und beginnt mit großer
Befangenheit, aber mit steigender Begeisterung, einen
Gesang auf das Lob der Dichtkunst usw. Der Merker läßt
oft anhalten und Fehler anstreichen. Je begeisterter er
singt, desto mehr Fehler werden gemerkt: Hans Sachs
beobachtet ihn teilnahmvoll und den Merker mit Ironie.
Zunehmende Verwirrung des jungen Mannes; — immer
mehr Fehler und Unterbrechungen — endlich fragt ihn
der Merker, ob er fertig sei? „Noch nicht, noch nicht!"
Der Merker — „die Tafel ist aber fertig!" — Die Fehler
werden feierlich gezählt und erklärt: er hat viel Striche
über dem gewöhnlichen Verlust. — Stimmensammlung
und feierliche Erklärung. „Haltet ein!" Der junge Mann
will sich verteidigen — in der Seelenangst erbietet er sich,
noch einmal zu singen — „Nichts da!" — Hans Sachs
wirft sich dazwischen: er sucht den jungen Mann zu verteidigen — er macht sich über die Meister lustig: es entsteht Streit. Hans Sachs fordert den Merker auf, selbst
zu singen, und er wolle den Merker nach seiner Weise
abgeben, um zu sehen, wie viele Fehler er machen würde.
Der Merker weist ihn boshaft zurück — „man würde
ihm, Hans Sachs, selbst zu Leibe gehen, wenn das Volk
nicht wäre, das ihn so auf den Händen trage. Möge es
nun mit seiner Poeterei stehen, wie es wolle: mit seiner
Schuhmacherei stände es nicht besonders, ,da seht, in
solchen Schuhen soll ich morgen zur Brautwerbung gehen.
Sorgt lieber, Meister Sachs, daß meine neuen Schuhe
morgen fertig seien!'" — Hans Sachs („Du sollst dran
denken"): Streit. — „Das Gesetz werde vollzogen!" — Der
junge Mann in der größten Verzweiflung: „Erbarmen,
Meister!" — „Zum Schluß." — Feierliche Erklärung:
„Der Fremde hat versungen!" — Er stürzt wie vernichtet
fort. Die Versammlung trennt sich in großer Aufregung.

[Es sei besonders darauf aufmerksam gemacht, wie der
„junge Mann" hier verzweiflungsvoll die Meister um
Erbarmen anfleht und im Gegensatz dazu der Walther
Stolzing des Buches von 1862 stolzer Haltung sich über
das „Meister-Krähen" erhebt, mit verächtlicher Gebärde
den Singstuhl verläßt und fortgeht. Von einer Charak-
terisierung der einzelnen Meister, die die ausgeführte Dichtung zeigt, ist hier noch keinerlei Andeutung zu finden.]

Zweiter Akt. Feierabend. Spaziergänger kommen zurück nach Haus. Die Läden werden geschlossen. Der
Lehrbursche des Sachs schließt den Laden nach der Straße
zu. Frau Magdalene geht vorbei mit einem Korbe: „David!" — „Frau Magdalene?" Sie steckt ihm etwas zu und
geht in ihr Haus. David verzehrt's und seufzt dabei. Der
Alte kehrt mit seiner Tochter vom Spaziergange zurück: sie
setzen sich, um den milden Abend zu genießen, noch einen
Augenblick auf die steinerne Bank vorm Hause. Er macht
sie auf die Wichtigkeit des morgigen Tages aufmerksam
und empfiehlt ihr den Merker. Sie erkundigt sich ängstlich nach dem jungen Manne und erfährt zu ihrem
Schreck, daß er versungen habe. Sie ist in größter Unruhe
und Besorgnis und sucht hastig den Vater zum Eintreten
zu bewegen. „Was hast du denn?" — „Nichts!" Er geht
in sein Haus. Sie bleibt einen Augenblick allein auf der
Bank. Magdalene kommt und berichtet ihr, der Merker
habe ihr begegnet und sie bewogen, sie zu bitten, den
Abend am Fenster zu bleiben; er wünsche ihr erst sein
Lied, mit dem er morgen den Preis zu erwerben gedenke,
als Ständchen allein zu singen, um ihrer Stimme gewiß zu werden. „Ich werd' ihm dienen!" Sie ist in
größter Pein und weiß nicht, was beginnen; beide treten
in das Haus. — Hans Sachs kommt von seinem Spaziergange zurück. — Er tritt von dem Platze aus bei sich ein,
schließt die untere Tür des Ladens und weist David zur
Ruhe, nachdem er sich ein Licht hat anstecken lassen. Dann
lehnt er sich über die Ladentür heraus, erquickt sich an der
Luft, von der er sich nicht sobald trennen kann, gedenkt
des jungen Mannes und verfällt in weiche, schwärmerische
Stimmung. Der Liebhaber tritt in einem Mantel und
mit dem Degen aus der Straße auf; die Geliebte hat vom
Fenster aus sein Kommen gesehen und eilt ihm behut-
sam unter ihrer Haustür entgegen: „Geliebte!" Sie:
„Ich weiß alles! Oh, Ihr habt versungen!" — „Ich Un-
glückseliger!" — Verzweiflung! Der Geliebte in bitter-
ster, aufgeregter Stimmung — zu der seine Enttäuschung
über das Wesen der Meistersinger viel beiträgt — ist zum
Äußersten entschlossen, er will die Geliebte entführen. —
Alles ist vorbereitet, auf dem verarmten Schlosse seiner

Väter sind sie sicher. Frau Magdalenens Stimme im
Hause ruft den Namen des Mädchens —: Diese verbirgt
den Geliebten schleunigst in der Tür und geht der Mag=
dalene entgegen. Hans Sachs beobachtet alles. — „Eine
Entführung? Das ist ein verzweifelter Streich, den ich
nicht zugeben darf!“ — Magdalene erinnert die Geliebte
an den Merker: „Auch das noch!“ Sie bittet die Magd,
sich statt ihrer am Fenster zu zeigen*). — Diese fragt
wegen ihres Verhaltens: „Sie solle ihr Mißfallen an des
Merkers Gesange zu erkennen geben.“ Magdalene willigt
aus besonderen Gründen ein. — Das junge Mädchen
kommt wieder ganz aus dem Hause zu dem Geliebten: —
Der ermahnt sie zur Flucht — er erstaunt, sie in anderer
Kleidung zu erblicken; sie beichtet ihm und sagt, sie er=
kenne in dieser Fügung die Begünstigung ihrer Flucht
von seiten des Himmels. — Schon wollen sie fliehen, als
die Geliebte aus Sachs’ Werkstatt den hellen Lichtschein
erblickt und ihn selbst erkennt. — „Wir sind verloren, der
Sachs bemerkt uns!“ Der Liebhaber: „Der kann mein
Feind nicht sein!“ — „Trau ihm nicht, er ist ein falscher
Mann!“ — „Er?“ — „Der Vater hat mir’s oft gesagt!“
— Hans Sachs verdüstert das Licht und stellt sich, als
entferne er sich. — Der Geliebte: „Sei’s durch alle Fal=
schen der Erde, durch Hagen, der Siegfried erschlug usw.,
— ich rette dich!“ Als sie sich der Straße zuwenden
wollen, hört man das Horn des Nachtwächters: der
Geliebte, mit tragischer Gebärde die Hand an das Schwert
legend: „Ha!“ — Die Geliebte: „Was willst du tun; den
Nachtwächter töten?“ — Der Nachtwächter beginnt sein
Lied und kommt dabei die Straße herauf. — „Verdammt!
Ein neues Hindernis!“ Sie ziehen sich abermals zurück.
— Der Nachtwächter kommt vor, biegt links um, am
Hause des Alten vorbei, wo das Paar hinter einem Baume
versteckt steht — und geht ab. — Der Merker ist dem
Nachtwächter in geringer Entfernung nachgeschlichen: —
als das Paar hervortritt, um zur Flucht auf die Straße

---

*) Die Geliebte und Magdalene vertauschen ihre äußere Be-
gleitung [Bekleidung], nachdem die Geliebte ihr angeraten, ja nicht
eher sich am Fenster zu zeigen, als bis der Merker beginne! (Dies
alles kann von der Geliebten, nachdem sie aus dem Hause zurückgekommen, erzählt werden.)

zu biegen, stößt ihnen der Merker auf. Sie zieht ihn
eiligst zurück: „Um Gottes willen! So haben wir uns
schon verspätet! 's ist der Merker! Ach, er sollte uns
hier nicht mehr treffen." — „Mein Todfeind! hier will
er singen? Zum Teufel er mit seinem Liede! Ich stoß'
ihn nieder!" — „Barmherziger! Willst du uns unglück=
lich machen?" Sie hält ihn ab! „Noch eine Geduld!
Möge er schnell singen, dann sind wir frei! Tritt in das
Haus, damit uns Frau Magdalene nicht erblickt." —
Der Merker hat sich auf einen steinernen Sitz in einer
Ecknische von Sachs' Hause niedergelassen, ergreift die
Laute, lugt nach dem Fenster hinüber. — Hans Sachs,
der die leisesten Unterredungen der Liebenden genau
belauscht hat, hat schnell einen Entschluß gefaßt, sein
Schustergerät an den Laden vorgebracht — und als der
Merker die Laute stimmt, beginnt er, bei der nun hell=
leuchtenden Glaskugel, an ein Paar Schuhen zu arbeiten.
Als endlich der Merker zu singen beginnt, fällt auch Sachs
mit einem derben Schusterliede ein: — der Merker stutzt,
fährt endlich wütend auf und schilt Sachs. Sachs: Er
könne in der Nacht nicht arbeiten, ohne sich durch Gesang
wach zu erhalten. Der Merker: „Wer ihn denn so spät
in der Nacht arbeiten heiße gegen alles Christentum?"
Sachs: „Ei, habe er ihn nicht selbst so streng um die neuen
Schuhe gemahnt? Wolle er sie zu morgen fertigen, müsse
er schon die Nacht dazu nehmen!" — Der Merker ist
außer sich: „Ich will Eure Schuhe nicht. Schweigt und
schließt den Laden!" Als er sich wieder zum Singen an=
läßt — beginnt Sachs noch lauter sein Lied. Der Merker
ist in Verzweiflung, besonders da er nun gewahrt, wie
seine vermeintliche Geliebte sich nun am Fenster zeigt.
„Sie glaubt am Ende, das rohe Schusterlied sei mein
Minnegesang, und läßt mich schmählich durchfallen!
Meister Sachs, um des Himmels willen, erbarmt Euch
mein, schweigt und laßt mich ruhig singen." Sachs: „Jetzt
kommen die Schuhe über den Leisten, laßt sehen, wie wir
vielleicht beide, Ihr mit Eurem Liede und ich mit den
Schuhen, zusammen fertig werden können. Laßt mich
heute nacht den Merker machen nach meiner Weise, und
bei jedem, was mir an Eurem Liede nicht gefällt, schlage
ich einmal auf die Leisten. Nun singt mir nur nicht gar

zu gut, sonst geht Ihr morgen unbeschuht!" — Nach längerem Dingen geht der Merker voll Ingrimm den Vorschlag ein: er verläßt sich auf die Fehlerlosigkeit seines Liedes. Er sieht, daß die weibliche Gestalt noch am Fenster ist, setzt sich und beginnt von neuem. — Große Verzweiflung des Liebespaares: — Der Merker singt. Sachs schlägt bei jedem Fehler laut auf den Leisten; jeder Schlag durchzuckt den Merker wie ein Messerstich; die Fehler und Schläge werden immer häufiger, am Schlusse eines Verses schlägt Sachs vielemal hintereinander auf den Leisten. Der Merker springt wütend auf. Sachs: „Ist Euer Lied fertig?" Merker: „Noch lange nicht."—Sachs: „Die Schuhe sind fertig geworden!" — Er zeigt sie zum Laden heraus. Der Merker singt aus Leibeskräften und ohne allen Absatz den letzten Vers, um nicht unterbrochen zu werden. Sachs lacht dazu überlaut. Frau Magdalene schüttelt heftig mit dem Kopfe, David hatte leise einen Laden nach der Straße zu etwas geöffnet und nach „Frau Magdalene" schmachtend gerufen: er hat sie am Fenster erblickt, sie gab ihm aber nicht Antwort — er hört und sieht den Merker, bricht wie rasend aus dem Fenster hervor und schlägt mit einem Schemel auf den Merker los. Merker und Magdalene schreien um Hilfe. Die nächsten Nachbarn sind nach und nach bereits wach geworden, an allen Fenstern wird es lebendig, allmählich füllt sich auch die Straße: der Merker prügelt sich mit David. Magdalene ruft vergebens David vom Fenster aus, abzulassen. Allgemeiner Aufruhr: Fragen und Toben. Sachs lacht unaufhörlich: die Liebenden in größter Verzweiflung wollen endlich die allgemeine Verwirrung zur Flucht benutzen und stürzen sich in den Haufen. Sachs springt schnell aus dem Hause, schwingt den Knieriemen, macht sich Platz, haut David eins über, der den Merker losläßt. (Dieser macht sich schleunigst fort.) Sachs ergreift die Geliebte in Magdalenens Kleidung beim Arm: „Ins Haus, Frau Lene!" und stößt sie in ihr Haus, von welchem er schnell die Tür zuschlägt; den jungen Mann packt er ebenfalls: „Hierher, Herr Ritter" — schiebt ihn in seinen Laden und schließt sich rasch mit ihm ein. David kriecht zum Fenster hinein und schlägt ängstlich den Laden zu. Die Fenster werden geschlossen: Alles ist schnell ruhig und still. Der

Mond scheint hell auf die Gasse. Der Nachtwächter kommt
von vorn und geht nach hinten durch die Gasse unter Ab-
singung des Nachtwächterliedes. Der Vorhang fällt.

Dritter Akt. Sachs' Schusterwerkstatt. Im Hintergrunde die Ladentür; seitwärts das Fenster nach der
Straße. Früher Morgen; die Sonne strahlt hell über
Sachs herein, welcher vor der müßig gelassenen Arbeit
im Schemel zurückgelehnt sitzt; große Bücher um ihn
herum, ein Buch auf dem Schoß, mit dem Arm darauf
gestützt. Am zweiten Fenster sitzt David mit der Arbeit
eines Paares seidener Frauenschuhe. — Sachs im Nachdenken: „So ginge es wirklich zu Ende mit der schönen
Dichtkunst? Ich, ein Schuster, wäre noch der einzige, der
im Reiche der großen deutschen Vergangenheit atmet?
usw." Man hört von außen, am Fenster Davids, Frau
Magdalenens schmachtenden Ruf: „David!" David wendet
sich unwillig vom Fenster ab. — Sachs fährt fort, über
den Verfall der Poesie zu philosophieren. Von außen:
„David!" David wendet sich ans Fenster und macht vor-
wurfsvolle Gebärden auf die Straße nach dem ersten
Stocke des gegenüberliegenden Hauses zu. Sachs bemerkt's
und fragt David, was er treibe? „Willst du mit den
Schuhen nicht fertig werden, so kann's für dich keinen
Festtag geben, Faulenzer!" David arbeitet fort. Sachs
verfällt wieder in Brüten: „Ob ihn sein Handwerk ent-
ehren könne. O nein, es gäbe ihm besseres und ehren-
volleres Leben als der Bund der Singer, usw." Von
außen: „David!" David, um Magdalenen durch ange-
nommenen Gleichmut gegen sie zu ärgern, vergißt sich
und singt laut das Schusterlied des Sachs. Sachs, der
erst ärgerlich stutzt, wird durch den Gedanken an seine
gewonnene Volkstümlichkeit erheitert, läßt David ge-
währen und singt selbst mit.

Eine Tür nach innen öffnet sich: der junge Mann
tritt ein. Sachs: „Nun, habt Ihr brav ausgeschlafen? Ist
Euch der Nacht-Unmut vergangen?" — „Ach, Meister!"
Sachs: „Was wäre aus Euch geworden, wenn ich Euch
Unbesonnene hätte davonlaufen lassen! Möchtet Ihr mir
noch so sehr zürnen, so seht Ihr doch wohl ein, daß es
zu Eurem Frommen war. Die Zeiten sind vorbei, wo
man die Geliebte mit Glück und Segen entführt!" —

„Ach! Meister, ich schäme mich vor Euch! Wohl hattet
Ihr recht! Was aber soll ich nun beginnen? Soll ich
heute Zeuge sein, wie meine Geliebte meinem Feinde
zugesprochen wird?" Sachs: „Das soll nicht geschehen!
Doch sollt Ihr sie in gutem Kampfe erwerben; laßt mich
sorgen!" — „Ach, lieber teurer Meister! Wie seid Ihr
doch anders als diese langweiligen, unbarmherzigen
Poeten, die mich bis aufs Blut gemartert haben! Welche
Hoffnungen hegte ich von ihnen; aus der widerlichen
Gegenwart, in der ich lebte, sollten sie mich in ein schönes,
dichterisches Leben einführen. Hier glaubte ich, Reste
Thüringer Geister usw. wiederzufinden: und nun diese
Enttäuschung!" Sachs: „Was habt Ihr schon gedichtet?"
— „Heldenlieder; die großen Kaiser habe ich gefeiert —
seht hier, hier!" — „Kein Minnelied?" — „Oh, mein
neuestes, hier! hier!" — „Zeigt her!" — Sachs liest es
aufmerksam durch — (das Orchester spielt dazu die
Melodie) — dann gerät Sachs eine Zeitlang in Nach=
denken und wendet sich zu dem jungen Manne: „Ihr seid
ein Dichter! Doch könnt Ihr jetzt nicht mehr gedeihen!"
Er schildert ihm mit wehmütigem Humor die Zeit, in der
sie leben, den nahe bevorstehenden Untergang des letzten
traurigen Restes der alten Dichtkunst, der Meistersingerei!
„Seht mich — mir wär's unmöglich gewesen, aufzu=
kommen, wenn ich mich nicht mit diesen Gedanken ein=
gelassen hätte. Dafür war ich ein Schuster, und glaubt
mir, dieser Schuster ist der letzte Poet der deutschen
Sangeskunst!" Der junge Mann protestiert feurig. —
Sachs: „Glaubt mir, lange, lange Zeit wird man vom
Dichten nichts mehr wissen. Mit anderen Waffen als
mit Liedern wird man kämpfen: mit Vernunft, mit Philo=
sophie gegen Dummheit und Aberglauben, ja mit dem
Schwerte wird man wiederum diese neuen Waffen ver=
teidigen: in solchem Kampfe sollt Ihr, der Ihr so schöne
edle Gesinnungen habt, mitkämpfen, so vermögt Ihr
mehr, als durch die Ausbeutung einer Gabe, die keiner
heutzutage mehr anerkennt. Wenn dann Jahrhunderte
vergangen und eine neue Welt begonnen, so wendet man
sich wohl einmal wieder um und sieht nach dem, was
man hatte: da fallen sie wohl wieder auf den Hans Sachs,
und dieser deutet wieder weiter zurück und weist sie auf

Walther, Wolfram und die Heldenlieder." Der junge
Mann: „So ratet mir, was soll ich tun?" — Sachs
(heiter): „Zieht auf Euer Schloß, studiert, was Ulrich
von Hutten und der Wittenberger schrieben, und ist's
dann not, so verteidigt, was Ihr lerntet, mit dem
Schwerte!" — „Wohl, Meister! Doch jetzt brauch' ich ein
Weib!" — „Das sollt Ihr haben; laßt mich sorgen!"

Die Geliebte tritt ein, um wegen der Schuhe Rück-
sprache zu nehmen: (Terzett) — sie will Sachs mit Vor-
würfen überhäufen, der Geliebte verteidigt ihn, Sachs
tröstet beide und verweist auf einen guten Ausgang; er
schreibt den beiden ihr Verhalten vor. Beide danken ihm
und geloben Gehorsam. Alle ab zu verschiedenen Seiten.

Der Merker tritt schüchtern ein. Er ist in großer Not,
da er die Überzeugung gewonnen hat, daß er diese Nacht
vor seiner Erwählten durchgefallen sei. Er möchte sich des
Sachs versichern, weil er seinen großen Einfluß aufs Volk
kennt *).

Der Merker erblickt das Lied auf dem Arbeitstische,
liest es, findet es für sich passend — er ist im Zweifel, ob
er es einstecken soll: — als Sachs eintritt, steckt er es unbewußt schnell in die Brust.

Verlegenheit des Merkers. Er fühlt, daß er sich des

---

*) Eine andere gleichzeitige Fassung des Auftritts lautet: Sachs
tritt wieder ein in Festkleidung. Er ist verwundert, den Merker zu
sehen — ob an den Schuhen etwas nicht recht sei? Der Merker
schüttet erst seine Galle aus wegen des Streiches, den ihm Sachs in
dieser Nacht gespielt habe. Sachs verteidigt sich komisch. Dann geht
der Merker über, zieht sanftere Saiten auf und sucht Sachs für sich
zu gewinnen: „Er habe ihm sein Lied verdorben, wo solle er nun in
der Eile und der Aufregung ein anderes herbekommen?" Sachs
macht ihn immer zutraulicher, der Merker: „Er fürchte sich nur vor
dem Volke und der Braut, weil diese nun einmal von der Meistersingerei nichts verständen." Sachs bietet ihm endlich ein Lied an,
das er selbst in seinen jungen Jahren gefertigt habe, und das niemand kenne. Der Merker fürchtet Verrat. — „Wie, wenn er ihn
betrüge und im glücklichen Falle sich als den Dichter melde." Sachs
beruhigt ihn: — „Was könne ihm, dem Graukopf, an dem Preise
liegen? Sein Weib sei längst tot, und in seinem Alter noch zu
freien, das könne nur einem Toren einfallen." Nach Überwindung
aller Bedenklichkeiten nimmt der Merker das Lied (des jungen
Mannes) an. Sachs unterweist ihn (boshaft) — wegen des Vortrages usw. Beide trennen sich. —

Gedichtes nicht bedienen kann ohne Sachs' Übereinstim=
mung; daher die sanfteren Saiten, die er bald aufzieht.
Endlich gibt er dem Gewissen nach, bekennt Sachs den
Diebstahl und erhält das Lied von ihm abgetreten. —
Vielleicht kann sich Sachs stellen, als wisse er gar nicht,
wem das Lied gehöre — vielleicht dem jungen Manne,
der schon längst über alle Berge ist. — „Es scheint ein
verzaubertes Lied! Wenn nur die Weise dabei angegeben
wäre! Beachtet ja, die rechte Weise zu finden."

Verwandlung. (Magdalene hat David durch das
Fenster etwas zugesteckt; er ist versöhnt und kommt im
Feststaate, sie abzuholen. „Meister segnet mich! Ich bin
mit Frau Magdalene versöhnt").

Die Johanniswiese vor dem Tore. Die Stadt
mit dem Stadttore im Hintergrunde. Festzüge (kleine)
kommen aus dem Tore. Die Wiese füllt sich immer mehr
und mehr—im halben Vordergrunde Tribünen, Zelte usw.
für die Meistersinger. Belustigungen, Spiele, Tänze usw.
Das Volk schart sich auf den Gerüsten. Die Meister=
singer ziehen auf: der Alte mit der Tochter in der Mitte.
Als Sachs auftritt, wird er vom Volke jubelnd begrüßt.
Alle nehmen Platz. Der Alte eröffnet dem Volke die Ab=
sicht der Feierlichkeit; das Volk lobt sie. Als der Merker
auftritt, zeigt sich das Volk ungünstig für ihn gestimmt.
Er schützt sich vor jedem Zagen durch sein Vertrauen auf
Sachs' Lied. Nach mehreren Förmlichkeiten beginnt er.
Das Lied steht in auffallendem Kontrast zu dem Vortrage.
Es schildert Hoffnung und Zweifel eines Liebenden. Die
Wirkung ist komisch durch den Vortrag des Merkers; das
Volk macht sich über ihn lustig, zischt ihn aus usw. Die
Meistersinger machen bedenkliche Mienen; — die Braut
versagt ihm ihre Stimme. Der Merker, in größter
Überraschung und Verzweiflung, vergißt sich; wütend zu
Sachs: „Oh, das ist Eure Schändlichkeit, was für ein ver=
fluchtes Lied habt Ihr mir da aufgehängt." Alle: „Wie?"
und „was?" „Ein Lied des Sachs?" Der Merker: „Ja,
er hat mich damit betrogen!" Aufstand, Sachs bleibt
dabei, „das Lied sei nicht von ihm," — zum Merker:
„Glaubt Ihr, ich werde mein Wort brechen?" Der Merker
bleibt dabei, es sei ein schlechtes Lied, das ihm Sachs auf=
gemeiert habe: „Oh!" Sachs beteuert dem Volke, den

Meistern: „das Lied, möge es nun sein von wem es wolle, sei gut und preiswürdig, nur ersehe er, daß es gut vor= getragen werden müsse." Alle: „So singt Ihr es, Sachs!" — „Wie, ich? Ich kann das nicht; das ist die Werbung eines Liebenden; wie sollte ich damit um ein junges Mädchen freien? Es würde ihm damit nicht besser gehen als dem Merker." Alle: „Wer kann denn das verzauberte Lied singen? Wer?" Der junge Mann in Rittertracht tritt vor: „Laßt mich's versuchen!" Die Meistersinger: „Wie, der versungene Sänger? Er darf nicht singen!" Das Volk — durch die Braut, David und Magdalene immer mehr angeregt — „Ei, warum nicht? Laßt ihn singen!" Nach vielem Streiten beginnt der junge Mann, beginnt das Lied und erhält stürmischen Beifall. Die Meistersinger müssen ihm den Preis zusagen, weil sie er= kennen, daß e r n u r das Lied auch gedichtet haben kann. Sie bieten ihm, durch Sachs bestimmt, die Auf= nahme an. Er entgegnet stolz: „Was ich erringen wollte, dürft ihr mir nicht entziehen; den Besitz des Preises! Was ihr mir schenken wollt, nehme ich nicht an; ich will nicht Meistersinger sein!" Hans Sachs: „Hoho! Scheltet mir die Meistersinger nicht!" Er beginnt in einem kräf= tigen Ton das Lob der Meistersingerzunft, halb ironisch, halb ernst, zu singen, hebt darin ihr Gutes hervor und das Tüchtige, was durch sie erhalten und gepflegt worden ist. Dadurch besänftigt er die Meistersinger selbst, gewinnt sie für sich. Sie unterstützen seinen Gesang und erkennen ihn als ihren größten Dichter an. Das Volk stimmt dem Lobe Sachs' bei. Musik kommt. Der Brautzug ist schnell geordnet. Sachs führt die Braut, und der Zug, Pfeifer voran, geht der Stadt zu.

Marienbad, 16. Juli 1845.   R. Wagner.

Ende.

Zerging' das Heil'ge Römische Reich in Dunst, Uns blieb doch die heil'ge deutsche Kunst.

Im zweiten Entwurf lautet das Titelblatt:

Die Meistersinger von Nürnberg.

Große komische Oper in 8 Aufzügen
Personen.

Hans Sachs, Schuster	
Vogler, Ältester der Zunft.	Baß
Hanslich, Schreiber, Merker der Zunft.	
Konrad von Stolzing	Tenor
Emma, Voglers Tochter	Sopran
Kathrine, deren Amme	Mezzosopran
David, Sachs' Lehrbube.	Tenor

Meistersinger, Bürger und Frauen aller Zünfte. Voll.

Nürnberg, um die Mitte des 16. Jahrhunderts.

Im dritten Entwurf erhält Vogler den Vornamen Thomas und wird als Goldschmied bezeichnet. Hanslich erhält den Vornamen Veit und Stolzing den Zusatz ‚ein junger Ritter‘. Voglers Tochter wird in Eva, ihre Amme in Magdalena umgetauft.

Die Bezeichnung „Große komische Oper" führt bei Wagner schon sein Jugendwerk „Das Liebesverbot" (1836); auch Lortzing nannte seine noch immer unveröffentlichte Oper „Caramo oder Das Fischerstechen" so.

Die Quellen, aus denen Wagner bei Dichtung seiner „Meistersinger" bewußt und unbewußt geschöpft hat, sind bei Chop angegeben und zum Teil durch die Universal=Bibliothek zugänglich gemacht*); zur Ergänzung sei noch Deinhardsteins „Fürst und Dichter" angeführt, wo sich der Manuskriptdiebstahl bereits findet, und des gleichen Verfassers „Salvator Rosa" (= das Bild der Danae).

Die wichtigste war Joh. Christoph Wagenseils Bericht „Von der Meistersinger holdseligen Kunst", als deutscher Anhang zu seiner (lateinischen) Nürnberger Chronik 1697 erschienen. Ihm hat Wagner nicht nur die Namen der zwölf Meister entnommen, manches aus den Meister=regeln ist ziemlich wörtlich in die Dichtung übergegangen, wie auch zahlreiche Kunstausdrücke und Benennungen.

So heißt es in der Tabulatur, die von Wagner eigent=

---

*) Vgl. Hoffmanns „Meister Martin der Küfner und seine Ge=sellen", Nr. 52, Hagens „Norika", Nr. 5213/14, Deinhardsteins Schau=spiel und Lortzings Oper „Hans Sachs", Nr. 3215 und 4488. „Die deutschen Kleinstädter" von Kotzebue, Nr. 90.

2*

lich nur in Reime gebracht wurde, nach seiner eigenen
Aufzeichnung: „Ein jedes Meister=gesanges Bar hat sein
ordentliches Gemäs, in Reimen und Sylben, durch des
Meisters Mund ordinirt und bewehrt. — Ein Bar hat
mehrenteils unterschiedliche Gesätz oder Stuck, als viel
deren Tichter tichten mag. Ein Gesätz besteht meistenteils
aus zweien Stollen, die gleiche Melodey haben. Darauf
folgt das Abgesang, so auch etliche Verse begreift, welches
aber eine besondere und andere Melodey hat."

Sogar ein musikalisches Motiv ist in die Oper über=
gegangen: das Meistersingerthema, das aus den ersten
sieben Noten des von Wagenseil mitgeteilten Langen
Tones Heinrich Müglings entwickelt ist.

Von den Kunstausdrücken, die Wagner mit Erläute=
rung notiert hat, kehren bei David und Beckmesser wieder:
Stumpf sind die einsilbigen, klingend die mehrsilbigen
Reime; Waisen sind die ungereimten, Körner die un=
gebundenen Verse; Blinde Meinung: undeutlicher
Ausdruck durch Auslassung notwendiger Worte; Laster
(auch schnellende Reime): Win statt Wein, Schrauen statt
Schreien; Klebsilben: keim für keimen, im statt indem;
Lind und Hart: Laden — Taten; Milben: singe statt
singen; Falsch Gebänd: zur richtigen Melodey anders
gebundene Verse; Unredbare Worte: Vater mein statt
mein Vater; Aequivoca: Stecken (Stab) — stecken (ver=
tiefen); Differenz: Deib für Dieb usw.

Die handwerkerliche Art, mit der die Dichtkunst in
den Kreisen der Zunft betrieben wurde, erhellt deutlich
genug aus den Meisterregeln, deren Trockenheit uns bei
Wagner nur gar nicht so stark zum Bewußtsein kommt,
weil er sie mit köstlichem Humor zum Vortrag gelangen
läßt oder ihnen eine so poesievolle Ausdeutung zu geben
weiß, daß sie eine allgemein menschliche und künstlerische
Bedeutung gewinnen.

Das Unverständnis, mit dem beim Erscheinen von
Wagners Dichtung ihr vor allem die Kritik gegenüber=
trat, die vielfach alle die altertümlichen Bezeichnungen
und Namenbildungen für seine Erfindung nahm, ist
längst besserer Einsicht gewichen, und auch das Publikum
hat sich mit der Eigenart der Ausdrucksweise vertraut
gemacht und befreundet. Das von fachmännischer Seite

so hart angegriffene Werk wurde vom Volke sogleich recht erfaßt und gewürdigt, und troß aller Quertreibereien nahm es von München aus verhältnismäßig rasch seinen Weg über die Bühnen. Und eine Volksoper nicht nur im schönsten und edelsten Sinne, auch die Festoper des deutschen Volkes sind „Die Meistersinger" mit Recht geworden, als ein ideales Bild deutschen Wesens in Ernst und Scherz. Kein künstlerischer Feiertag wird mehr in deutschen Landen begangen, an dem, wenn nicht das ganze Werk, doch die Festwiesenszene auf der Bühne erscheint oder wenigstens das Vorspiel die musikalische Einleitung bildet. Und mit Wagners Worten, die er als Erläuterung dieses glänzendsten aller Opernvorspiele schrieb, sei nunmehr zu dem Werke selbst hinübergeleitet.

„Die Meistersinger ziehen in feierlichem Gepränge vor dem Volk in Nürnberg auf; sie tragen in Prozession die ‚leges tabulaturae', diese sorglich bewahrten altertümlichen Gesetze einer poetischen Form, deren Inhalt längst verschwunden war. Dem hochgetragenen Banner mit dem Bildnis des harfenspielenden Königs David folgt die einzige wahrhaft volkstümliche Gestalt des Hans Sachs: seine eigenen Lieder schallen ihm aus dem Munde des Volks als Begrüßung entgegen. Mitten aus dem Volke vernehmen wir aber den Seufzer der Liebe: er gilt dem schönen Töchterlein eines der Meister, das, zum Preisgewinn eines Wettsingens bestellt, festlich geschmückt, aber bang und sehnsüchtig seine Blicke nach dem Geliebten aussendet, der wohl Dichter, aber nicht Meistersinger ist. Dieser bricht sich durch das Volk Bahn; seine Blicke, seine Stimmme raunen der Ersehnten das alte Liebeslied der ewig neuen Jugend zu. — Eifrige Lehrbuben der Meister fahren mit kindischer Gelehrttuerei dazwischen und stören die Herzensergießung; es entsteht Gedränge und Gewirr. Da springt Hans Sachs, der den Liebesgesang sinnig vernommen hat, dazwischen, erfaßt hilfsbereit den Sänger, und zwischen sich und der Geliebten gibt er ihm seinen Platz an der Spitze des Festzuges der Meister. Laut begrüßt sie das Volk; — das Liebeslied tönt zu den Meisterweisen: Pedanterie und Poesie sind versöhnt. ‚Heil Hans Sachs!' erschallt es mächtig."

Georg Richard Kruse.

Personen

Hans Sachs, Schuster (Baß)
Veit Pogner, Goldschmied (Baß)
Kunz Vogelgesang, Kürschner (Tenor)
Konrad Nachtigall, Spengler (Baß)
Sixtus Beckmesser, Schreiber (Baß)
Fritz Kothner, Bäcker (Baß)
Balthasar Zorn, Zinngießer (Tenor)   Meistersinger
Ulrich Eißlinger, Würzkrämer (Tenor)
Augustin Moser, Schneider (Tenor)
Hermann Ortel, Seifensieder (Baß)
Hans Schwarz, Strumpfwirker (Baß)
Hans Folz, Kupferschmied (Baß)
Walther von Stolzing, ein junger Ritter aus Franken
      (Tenor)
David, Sachs' Lehrbube (Tenor)
Eva, Pogners Tochter (Sopran)
Magdalene, Evas Amme (Sopran)
Ein Nachtwächter (Baß)

Bürger und Frauen aller Zünfte. Gesellen. Lehrbuben.
Mädchen. Volk.

Nürnberg. Um die Mitte des 16. Jahrhunderts.

Schauplatz.

Erster Aufzug: Im Innern der Katharinenkirche.
Zweiter Aufzug: In den Straßen vor den Häusern Pogners und
      Sachs'.
Dritter Aufzug: a) Sachs' Werkstatt, b) ein freier Wiesenplan
      an der Pegnitz.

Die Text-Varianten sind in Klammern [ ] gestellt.

Vorspiel

Erster Aufzug

Das Innere der Katharinenkirche, in schrägem Durchschnitt.

Von dem Hauptschiff, welches links ab dem Hintergrunde zu sich ausdehnend anzunehmen ist, sind nur noch die letzten Reihen der Kirchenstuhlbänke sichtbar; den Vordergrund nimmt der freie Raum vor dem Chor ein; dieser wird später durch einen Vorhang gegen das Schiff zu gänzlich geschlossen.

[Beim Aufzug hört man, unter Orgelbegleitung, von der Gemeinde den letzten Vers eines Chorals, mit welchem der Nachmittagsgottesdienst zur Einleitung des Johannisfestes schließt, singen. Während des Chorals und dessen Zwischenspielen entwickelt sich, vom Orchester begleitet, folgende pantomimische Szene.]

Erster Auftritt

In der letzten Reihe der Kirchenstühle sitzen Eva und Magdalene; Walther von Stolzing steht, in einiger Entfernung, zur Seite an eine Säule gelehnt, die Blicke auf Eva heftend. [Eva kehrt sich wiederholt seitwärts nach dem Ritter um und erwidert seine bald dringend, bald zärtlich durch Gebärden sich ausdrückenden Bitten und Beteuerungen schüchtern und verschämt, doch seelenvoll und ermutigend. Magdalene unterbricht sich öfter im Gesang, um Eva zu zupfen und zur Vorsicht zu mahnen. — Als der Choral zu Ende ist und, während eines längeren Orgelnachspieles, die Gemeinde dem Hauptausgange, welcher links dem Hintergrunde zu anzunehmen ist, sich zuwendet, um allmählich die Kirche zu verlassen, tritt Walther an die beiden Frauen, welche sich ebenfalls von ihren Sitzen erhoben haben und dem Ausgange sich zuwenden wollen, lebhaft heran.]

Choral der Gemeinde. Da zu dir der Heiland kam,
(Walther drückt durch Gebärde eine schmachtende Frage an Eva aus.)

willig deine Taufe nahm,
(Evas Blick und Gebärde sucht zu antworten; doch beschämt schlägt sie das Auge wieder nieder.)

weihte sich dem Opfertod,

(Walther zärtlich, dann dringender.)

gab er uns des Heils Gebot:

(Eva, Walther schüchtern abweisend, aber schnell wieder seelenvoll
zu ihm aufblickend.)

daß wir durch dein' Tauf' uns weihn,

(Walther entzückt, höchste Beteuerungen, Hoffnung.)

seines Opfers wert zu sein.

(Eva, selig lächelnd, dann beschämt die Augen senkend. Walther
dringend, aber schnell sich unterbrechend.)

Edler Täufer,
Christs Vorläufer!

(Walther nimmt die dringende Gebärde wieder auf, mildert sie aber
sogleich wieder, um dadurch sanft um eine Unterredung zu bitten.)

Nimm uns freundlich an, dort am Fluß Jordan.

(Die Gemeinde erhebt sich. Alles wendet sich dem Ausgange zu und
verläßt unter dem Nachspiele allmählich die Kirche. Walther heftet
in höchster Spannung seinen Blick auf Eva, welche ihren Sitz ebenfalls verläßt und, von Magdalene gefolgt, langsam in seine Nähe
kommt. Da Walther Eva sich nähern sieht, drängt er sich gewaltsam
durch die Kirchgänger zu ihr.)

Walther [(leise, doch feurig zu Eva)].
Verweilt! — Ein Wort! Ein einzig Wort!

Eva (sich schnell zu Magdalene umwendend).
Mein Brusttuch! Schau! Wohl liegt's im Ort?

Magdalene. Vergeßlich Kind! Nun heißt es: such!

(Sie kehrt nach den Kirchenstühlen zurück.)

Walther. Fräulein! Verzeiht der Sitte Bruch!
Eines zu wissen, eines zu fragen,
was nicht müßt' ich zu brechen wagen?
Ob Leben oder Tod? Ob Segen oder Fluch?
Mit einem Worte sei mir's vertraut: —
mein Fräulein, sagt —

Magdalene (wieder zurückkommend). Hier ist das Tuch.

Eva. O weh! die Spange!

Magdalene. Fiel sie wohl ab?

(Sie geht, [am Boden suchend,] abermals zurück nach hinten.)

Walther. Ob Licht und Luft oder Nacht und Grab [Tod]?
Ob ich erfahr', wonach ich verlange,
ob ich vernehme, wovor mir graut: —
Mein Fräulein, sagt —

Magdalene (wieder zurückkommend).
Da ist auch die Spange. —
Komm, Kind! Nun hast du Spang' und Tuch. —
O weh! da vergaß ich selbst mein Buch!
(Sie geht nochmals eilig nach hinten.)
Walther. Dies eine Wort, Ihr sagt mir's nicht?
Die Silbe, die mein Urteil spricht?
Ja, oder: nein! — ein flücht'ger Laut:
mein Fräulein sagt, (entschlossen und hastig) seid Ihr schon
Braut?
Magdalene (die wieder zurückgekehrt ist und sich vor Walther
verneigt). Sieh da, Herr Ritter?
Wie sind wir hochgeehrt:
mit Evchens Schutze
habt Ihr Euch gar beschwert?
Darf den Besuch des Helden
ich Meister Pogner melden?
Walther (bitter, leidenschaftlich).
Oh, betrat ich doch nie sein Haus!
Magdalene. Ei! Junker! Was sagt Ihr da aus!
In Nürnberg eben nur angekommen,
wart Ihr nicht freundlich aufgenommen?
Was Küch' und Keller, Schrein und Schrank
Euch bot, verdient' es keinen Dank?
Eva. Gut Lenchen! Ach! das meint er ja nicht.
Doch von mir wohl wünscht er Bericht —
wie sag' ich's schnell? — Versteh' ich's doch kaum! —
Mir ist, als wär' ich gar wie im Traum! —
Er frägt — ob ich schon Braut?
Magdalene (heftig erschrocken, [sich scheu umsehend]).
Hilf Gott! Sprich nicht so laut!
Jetzt laß uns nach Hause gehn;
wenn uns die Leut' hier sehn!
Walther. Nicht eh'r, bis ich alles weiß!
Eva (zu Magdalene). 's ist leer, die Leut' sind fort.
Magdalene. Drum eben wird mir heiß! —
Herr Ritter, an andrem Ort!
(David tritt aus der Sakristei ein und macht sich darüber her, die
schwarzen Vorhänge, [welche so angebracht sind, daß sie den Vorder-
grund der Bühne nach dem Kirchenschiff zu schräg abschließen,] zu
schließen.)

Walther (dringend). Nein! Erst dies Wort!

Eva (bittend zu Magdalene). Dies Wort!

Magdalene (die sich bereits umgewendet, erblickt David, hält an [und ruft zärtlich für sich]). David? Ei! David hier?

Eva (zu Magdalene, [drängend]).
Was sag' ich? Sag' du's mir!

Magdalene (zerstreut, öfter nach David sich umsehend).
Herr Ritter, was Ihr die Jungfer fragt,
das ist so leichtlich nicht gesagt;
fürwahr ist Evchen Pogner Braut —

Eva (lebhaft unterbrechend).
Doch hat noch keiner den Bräut'gam erschaut.

Magdalene. Den Bräut'gam wohl noch niemand kennt,
bis morgen ihn das Gericht ernennt,
das dem Meistersinger erteilt den Preis. —

Eva (enthusiastisch).
Und selbst die Braut ihm reicht das Reis.

Walther (verwundert). Dem Meistersinger?

Eva (bang). Seid Ihr das nicht?

Walther. Ein Werbgesang?

Magdalene. Vor Wettgericht.

Walther. Den Preis gewinnt?

Magdalene. Wen die Meister meinen.

Walther. Die Braut dann wählt?

Eva (sich vergessend). Euch oder keinen!

(Walther wendet sich, in großer Erregung auf und ab gehend, zur Seite.)

Magdalene [(sehr erschrocken)].
Was? Evchen! Evchen! Bist du von Sinnen?

Eva. Gut' Lene! laß mich [hilf mir] den Ritter gewinnen!

Magdalene. Sahst ihn doch gestern zum erstenmal?

Eva. Das eben schuf mir so schnelle Qual,
daß ich schon längst ihn im Bilde sah: —
sag', trat er nicht ganz wie David nah'?

Magdalene (höchst verwundert). Bist du toll? Wie David?

Eva. Wie David im Bild.

Magdalene. Ach! meinst du den König mit der Harfen
und langem Bart in der Meister Schild?

Eva. Nein! der, deß' Kiesel den Goliath warfen,
das Schwert im Gurt, die Schleuder zur Hand:

das Haupt von lichten Locken umstrahlt,
wie ihn uns Meister Dürer gemalt.

Magdalene (laut seufzend). Ach, David! David!

David (der hinausgegangen und jetzt wieder zurückkommt, ein
Lineal im Gürtel und ein großes Stück weißer Kreide an einer
Schnur schwenkend). Da bin ich! Wer ruft?

Magdalene. Ach, David! Was Ihr für Unglück schuft!
(Für sich.) Der liebe Schelm! wüßt' er's noch nicht? (Laut.)
Ei, seht! da hat er uns gar verschlossen?

David (zärtlich zu Magdalene). Ins Herz Euch allein!

Magdalene ([beiseite,] feurig). Das treue Gesicht! —
[Laut.] Ei [Mein'] sagt! Was treibt Ihr hier für Possen?

David. Behüt' es! Possen? Gar ernste Ding'!
Für die Meister hier richt' ich den Ring.

Magdalene. Wie? Gäb' es ein Singen?

David. Nur Freiung heut:
der Lehrling wird da losgesprochen,
der nichts wider die Tabulatur verbrochen;
Meister wird, wen die Prob' nicht reut.

Magdalene. Da wär' der Ritter ja am rechten Ort. —
Jetzt, Evchen, komm, wir müssen fort.

Walther (schnell sich zu den Frauen wendend).
Zu Meister Pogner laßt mich euch geleiten.

Magdalene. Erwartet den hier; er ist bald da.
Wollt Ihr [Euch] Evchens Hand erstreiten,
rückt Ort und Zeit das Glück Euch nah'.

(Zwei Lehrbuben kommen dazu und tragen Bänke herbei.)

Jetzt eilig von hinnen!

Walther. Was soll ich beginnen?

Magdalene. Laßt David Euch lehren,
die Freiung begehren. —
Davidchen! hör', mein lieber Gesell,
den Ritter bewahr' hier wohl zur Stell'!
Was Fein's aus der Küch' bewahr' ich für dich:
und morgen begehr' du noch dreister,
wird heut der Junker hier Meister.

(Sie drängt Eva zum Fortgehen.)

Eva [(zu Walther)]. Seh' ich Euch wieder?

Walther (sehr feurig). Heut abend, gewiß! —
Was ich will wagen, wie könnt' ich's sagen?
Neu ist mein Herz, neu mein Sinn,

neu ift mir alles, was ich beginn':
Eines nur weiß ich, eines begreif' ich:
mit allen Sinnen Euch zu gewinnen!
Ist's mit dem Schwert nicht, muß es gelingen,
gilt es als Meister Euch zu erfingen.
　　　Für Euch Gut und Blut!
　　　Für Euch
　　　Dichters heil'ger Mut!

Eva (mit großer Wärme). Mein Herz, sel'ger Glut,
für Euch
liebesheil'ge Hut!

Magdalene. Schnell heim, sonst geht's nicht gut!
David (der Walther verwunderungsvoll gemessen).
　　　Gleich Meister? Oho! viel Mut!

(Magdalene zieht Eva rasch durch die Vorhänge nach sich fort.
Walther wirft sich, aufgeregt und brütend, in einen erhöhten
katheberartigen Lehnstuhl, welchen zuvor zwei Lehrbuben von der
Wand ab mehr nach der Mitte zu gerückt haben.)

Zweiter Auftritt

Noch mehrere Lehrbuben sind eingetreten; sie tragen und stellen
Bänke und richten alles [nach der unten folgenden Angabe] zur
Sitzung der Meistersinger her.

Zweiter Lehrbube. David, was stehst?
Erster Lehrbube. Greif ans Werk!
Zweiter Lehrbube. Hilf uns richten das Gemerk!
David. Zu eifrigst war ich vor euch allen;
schafft nun für euch: hab' ander Gefallen!
Vier Lehrbuben [2. Tenor]. Was der sich dünkt!
Vier Lehrbuben [1. Tenor]. Der Lehrling' Muster!
Vier Lehrbuben [Alt].
Das macht, weil sein Meister ein Schuster.
Lehrbuben [2. Tenor]. Beim Leisten sitzt er mit der Feder.
Lehrbuben [1. Tenor].
Beim Dichten mit Draht und Pfriem'.
Lehrbuben [Alt]. Sein' Verse schreibt er auf rohes Leder.
Lehrbuben [1. Tenor, dann alle] (mit entsprechender Gebärde).
Das, dächt' ich, gerbten wir ihm!
　　　(Sie machen sich lachend an die fernere Herrichtung.)

　　David (nachdem er den sinnenden Ritter eine Weile betrachtet,
[ruft sehr stark]): „Fanget an!"

Walther (verwundert [aufblickend]). Was soll's?

David (noch stärker).

„Fanget an!" — So ruft der „Merker";
nun sollt Ihr singen: — wißt Ihr das nicht?

Walther. Wer ist der Merker?

David. Wißt Ihr das nicht?
Wart Ihr noch nie bei 'nem Sing=Gericht?

Walther. Noch nie, wo die Richter Handwerker!

David. Seid Ihr ein „Dichter"?

Walther. Wär' ich's doch!

David. [Waret Ihr „Singer?"] Seid Ihr ein Singer?

Walther. Wüßt' ich's noch!

David. Doch „Schulfreund" wart Ihr, und „Schüler"
zuvor?

Walther. Das klingt mir alles fremd vorm Ohr.

David. Und so gradhin wollt Ihr Meister werden?

Walther. Wie machte das so große Beschwerden?

David. O Lene! Lene!

Walther. Wie Ihr doch tut!

David. O Magdalene!

Walther. Ratet mir gut!

David (setzt sich in Positur).

Mein Herr! der Singer Meister=Schlag
gewinnt sich nicht in einem Tag.
In Nüremberg der größte Meister,
    mich lehrt die Kunst Hans Sachs;
schon voll ein Jahr mich unterweist er,
    daß ich als Schüler wachs'.
Schuhmacherei und Poeterei,
die lern' ich da all' einerlei:
hab' ich das Leder glatt geschlagen,
lern' ich Bokal und Konsonanz sagen;
wichst' ich den Draht [gar fein] erst fest und steif,
was sich da reimt, ich wohl begreif';
    den Pfriemen schwingend,
    im Stich die Ahl',
    was stumpf, was klingend,
    was Maß [und] was Zahl —
den Leisten im Schurz — was lang, was kurz,
was hart, was lind, hell oder blind,
was Waisen, was Milben, was Kleb=Silben,

was Pausen, was Körner, was Blumen, [und] was Dör-
ner —
das alles lernt' ich mit Sorg' und Acht:
wie weit nun, meint Ihr, daß ich's gebracht?
   Walther. Wohl zu 'nem Paar recht guter Schuh'?
   David. Ja, dahin hat's noch gute [lange] Ruh'!
Ein „Bar" hat manch Gesätz' und Gebänd';
wer da gleich die rechte Regel fänd',
die richt'ge Naht und den rechten Draht,
mit gutgefügten „Stollen" den Bar recht zu versohlen.
Und dann erst kommt der „Abgesang";
daß er nicht kurz und nicht zu lang
     und auch keinen Reim enthält,
     der schon im Stollen gestellt. —
Wer alles das merkt, weiß und kennt,
wird doch immer noch nicht „Meister" genennt.
   Walther. Hilf Gott! Will ich denn Schuster sein? —
In die Singkunst lieber führ' mich ein.
   David. Ja, hätt' ich's nur selbst [erst] schon zum „Singer"
                   gebracht!
Wer glaubt wohl, was das für Mühe macht?
     Der Meister Tön' und Weisen,
     gar viel an Nam' und Zahl,
     die starken und die leisen,
     wer die wüßte allzumal!
Der „kurze", „lang'" und „überlang'" Ton,
die „Schreibpapier"=, „Schwarz=Dinten"=Weis';
der „rote", „blau'" und „grüne" Ton;
die „Hageblüh"=, „Strohhalm"=, „Fengel"=Weis';
der „zarte", der „süße", der „Rosen"=Ton;
der „kurzen Liebe", der „vergeß'ne" Ton;
die „Rosmarin"=, „Gelbveiglein"=Weis',
die „Regenbogen"=, die „Nachtigall"=Weis',
die „englische Zinn"=, die „Zimtröhren"=Weis',
„frisch' Pomeranzen"=, „grün Lindenblüh"=Weis',
die „Frösch"=, die „Kälber"=, die „Stieglitz"=Weis',
die „abgeschiedene Vielfraß"=Weis';
der „Lerchen"=, der „Schnecken"=, der „Beller"=Ton,
die „Melissenblümlein"=, die „Meiran"=Weis', (gefühlvoll)
„Gelblöwenhaut"=, „treu Pelikan"=Weis', (prunkvoll)
die „buttglänzende Draht"=Weis' ...

Walther. Hilf Himmel! Welch endlos' Töne=Geleis'!

David. Das sind nur die Namen: nun lernt sie singen,
recht, wie die Meister sie gestellt!
Jed' Wort und Ton muß klärlich klingen,
wo steigt die Stimm', und wo sie fällt.
Fangt nicht zu hoch, zu tief nicht an,
als es die Stimm' erreichen kann;
mit dem Atem spart, daß er nicht knappt;
und gar am End' Ihr überschnappt.
Vor dem Wort mit der Stimme ja nicht summt,
nach dem Wort mit dem Mund auch nicht brummt,
nicht ändert an „Blum'" und „Koloratur",
jed' Zierat fest nach des Meisters Spur;
verwechselt Ihr, würdet gar irr,
verlört Ihr Euch und kämt ins Gewirr: —
          wär' sonst Euch alles auch gelungen,
          da hättet Ihr gar „versungen!" —
Trotz großem Fleiß und Emsigkeit
ich selbst es bracht' noch [nie] nicht so weit.
So oft ich's versuch' und 's nicht gelingt,
die „Knieriem=Schlag=Weis'" der Meister mir singt, (sanft)
wenn dann Jungfer Lene nicht Hilfe weiß, (greinend)
sing' ich die „eitel Brot= und Wasser=Weis'"! —
          Nehmt Euch ein Beispiel dran,
          und laßt vom Meister=Wahn!
Denn „Singer" und „Dichter" müßt Ihr sein,
eh' Ihr zum „Meister" kehret ein.

Walther. Wer ist nun Dichter?

Lehrbuben (während der Arbeit). David! kommst' her?

David (zu den Lehrbuben).
Wartet nur, gleich! — (Schnell wieder zu Walther sich wendend.)
          Wer „Dichter" wär'?
Habt Ihr zum „Singer" Euch aufgeschwungen
und der Meister Töne richtig gesungen,
fügtet Ihr selbst nun Reim und Wort',
daß sie genau an Stell' und Ort
paßten zu einem Meisterton,
dann trägt Ihr den Dichterpreis davon.

Lehrbuben. He, David! Soll man's dem Meister klagen?
Wirst dich bald des Schwatzens entschlagen?

David. Oho! — Jawohl! Denn helf' ich euch nicht,
ohne mich wird alles doch falsch gericht'!

Walther. Nur dies noch: wer wird „Meister" genannt?

David (schnell wieder umkehrend).
Damit, Herr Ritter, ist's so bewandt: —
(mit sehr tiefsinniger Miene)
der Dichter, der aus eignem Fleiße
zu Wort' und Reimen, die er erfand,
aus Tönen auch fügt eine neue Weise:
der wird als „Meistersinger" erkannt.

Walther [(rasch)].
So bleibt mir [nichts als] einzig der Meisterlohn!
Muß ich [Soll ich hier] singen,
kann's nur gelingen,
find' ich zum Vers auch den eignen Ton.

David (der sich zu den Lehrbuben gewendet).
Was macht ihr denn da? — Ja, fehl' ich beim Werk,
verkehrt nur richtet ihr Stuhl und Gemerk! —
(Er wirft polternd und lärmend die Anordnungen der Lehrbuben
in betreff des Gemerkes um.)
Ist denn heut „Singschul'"? — daß ihr's wißt,
das kleine Gemerk! — nur „Freiung" ist!
(Die Lehrbuben, welche in der Mitte der Bühne ein größeres Gerüst
mit Vorhängen aufgeschlagen hatten, schaffen auf Davids Weisung
dies schnell beiseite und stellen dafür ebenso eilig ein geringeres
Brettergerüst auf; darauf stellen sie einen Stuhl mit einem kleinen
Pult davor, daneben eine große schwarze Tafel, daran die Kreide
am Faden aufgehängt wird; um das Gerüst sind schwarze Vorhänge
angebracht, welche zunächst hinten und an beiden Seiten, dann auch
vorn ganz zusammengezogen werden.)

Die Lehrbuben (während der Herrichtung).
Aller End' ist doch David der Allergescheit'st,
nach hohen Ehren [gewiß] ganz sicher er geizt:
's ist Freiung heut;
gewiß [gar sicher] er freit,
als vornehmer „Singer" er schon sich spreizt!
Die „Schlag"-Reime fest er inne hat,
„Arm-Hunger"-Weise singt er glatt;
doch die „harte-Tritt"-Weis' kennt er am best',
die trat ihm der [sein] Meister hart und fest!
(Mit der Gebärde zweier Fußtritte, sie lachen.)

David. Ja, lacht nur zu! Heut bin ich's nicht;
ein andrer stellt sich zum Gericht:
der war nicht „Schüler", ist nicht „Singer",
den „Dichter", sagt er, überspring' er;
denn er ist Junker, und mit einem Sprung er
denkt ohne weitre Beschwerden
heut hier „Meister" zu werden. —
Drum richtet nur sein das Gemerk dem ein!

(Während die Lehrbuben vollends aufrichten.)

Dorthin! — Hierher! Die Tafel an die Wand,
so daß sie recht dem Merker zur Hand!

(Sich zu Walther umwendend.)

Ja, ja! — dem „Merker!" — wird Euch wohl bang?
Vor ihm schon mancher Werber versang.
Sieben Fehler gibt er Euch vor,
die merkt er mit Kreide dort an;
wer über sieben Fehler verlor,
hat versungen und ganz vertan!
Nun nehmt Euch in acht!
Der Merker wacht. (Derb in die Hände schlagend.)
Glück auf zum Meistersingen!
Mögt [Ihr] Euch das Kränzlein erschwingen!
Das Blumenkränzlein aus Seiden fein,
wird das dem Herrn Ritter beschieden sein?

Die Lehrbuben (welche zu gleicher Zeit das Gemerk geschlossen haben, fassen sich an und tanzen einen verschlungenen Reihen
um dasselbe).

„Das Blumenkränzlein aus Seiden fein,
Wird das dem Herrn Ritter beschieden sein?"

(Die Lehrbuben fahren sogleich erschrocken auseinander, als die
Sakristei aufgeht und Pogner mit Beckmesser eintritt; sie ziehen sich
nach hinten zurück.)

(Die Einrichtung ist nun folgendermaßen beendigt: — Zur Seite
rechts sind gepolsterte Bänke in der Weise aufgestellt, daß sie einen
schwachen Halbkreis nach der Mitte zu bilden. Am Ende der Bänke,
in der Mitte der Bühne, befindet sich das „Gemerk" benannte Gerüst, welches zuvor hergerichtet worden. Zur linken Seite steht nur
der erhöhte, katheberartige Stuhl [„der Singstuhl"] der Versammlung gegenüber. Im Hintergrunde, den großen Vorhang entlang,
steht eine lange [niedere] Bank für die Lehrlinge. — Walther, verdrießlich über das Gespött der Knaben, hat sich auf die vordere Bank
niedergelassen.)

Dritter Auftritt

Pogner ist mit **Beckmesser** im Gespräch aus der Sakristei aufgetreten [allmählich versammeln sich immer mehrere der Meister]. Die Lehrbuben [als sie die Meister eintreten sahen, sind sogleich zurückgegangen und] harren, ehrerbietig vor der hinteren Bank stehend. Nur **David** stellt sich anfänglich am Eingang [bei] der Sakristei auf.

Pogner (zu Beckmesser).
Seid meiner Treue wohl versehen;
was ich bestimmt, ist Euch zu Nutz:
im Wettgesang müßt Ihr bestehen;
wer böte Euch als Meister Trutz?

Beckmesser. Doch wollt Ihr von dem Punkt nicht
der mich — ich sag's — bedenklich macht;   [weichen,
kann Evchens Wunsch den Werber streichen,
was nützt mir meine Meisterpracht?

Pogner. Ei sagt! Ich mein', vor allen Dingen
sollt' Euch an dem gelegen sein?
Könnt Ihr der Tochter Wunsch nicht zwingen,
wie möchtet Ihr wohl um sie frein?

Beckmesser. Ei ja! Gar wohl! Drum eben bitt' ich,
daß bei dem Kind Ihr für mich sprecht,
wie ich geworben zart und sittig,
und wie Beckmesser grad Euch recht.

Pogner. Das tu' ich gern.

Beckmesser (beiseite). Er läßt nicht nach!
Wie wehrt' ich da 'nem Ungemach?

Walther (der, als er Pogner gewahrt, aufgestanden und ihm entgegengegangen ist, verneigt sich vor ihm).
Gestattet, Meister!

Pogner. Wie! mein Junker!
Ihr sucht mich in der Singschul' hie?

(Sie wechseln die Begrüßungen.)

Beckmesser (immer beiseite [für sich]).
Verstünden's die Frau'n! Doch schlechtes Geflunker
Gilt ihnen mehr als all' Poesie.

(Er geht verdrießlich im Hintergrunde auf und ab.)

Walther. Hie eben bin ich am rechten Ort.
Gesteh' ich's frei, vom Lande fort
          Was mich nach Nürnberg trieb,
          war nur zur Kunst die Lieb'.
Vergaß ich's gestern Euch zu sagen,

heut muß ich's laut zu fünden wagen:
ein Meistersinger möcht' ich sein.
Schließt, Meister, in die Zunft mich ein!
(Kunz Vogelgesang und Konrad Nachtigall sind eingetreten.)
Pogner (freudig zu den Hinzutretenden sich wendend).
Kunz Vogelgesang! Freund Nachtigall!
Hört doch, welch ganz besondrer Fall!
Der Ritter hier, mir wohlbekannt,
hat der Meisterkunst sich zugewandt.
(Vorstellungen, Begrüßungen; andere Meister treten noch dazu.)
Beckmesser (wieder in den Vordergrund tretend, für sich).
Noch such' ich's zu wenden: doch sollt's nicht gelingen,
versuch' ich des Mädchens Herz zu ersingen;
in stiller Nacht, von ihr nur gehört,
erfahr' ich, ob auf mein Lied sie schwört.
([Er wendet sich, Walther erblickend.])
Wer ist der Mensch?
Pogner (sehr warm zu Walther fortfahrend).
Glaubt, wie mich's freut!
Die alte Zeit dünkt mich erneut.
Beckmesser [(immer noch für sich)]. Er gefällt mir nicht!
Pogner [(fortfahrend)]. Was Ihr begehrt,
soviel an mir, Euch sei's gewährt.
Beckmesser [(ebenso)].
Was will er hier? — Wie der Blick ihm lacht!
Pogner [(ebenso)].
Half ich Euch gern bei des Gut's Verkauf,
in die Zunft nun nehm' ich Euch gleich gern auf.
Beckmesser [(ebenso)]. Holla! Sixtus! Auf den hab' acht!
Walther [(zu Pogner)].
Habt Dank der Güte aus tiefstem Gemüte!
Und darf ich denn hoffen, steht heut mir noch offen,
Zu werben um den Preis, daß Meistersinger ich heiß'?
Beckmesser. Oho! Fein sacht! Auf dem Kopf steht kein
Kegel!
Pogner. Herr Ritter, dies geh' nun nach der Regel.
Doch heut ist Freiung: ich schlag' Euch vor;
mir leihen die Meister ein willig Ohr.
(Die Meistersinger sind nun alle angelangt, zuletzt auch Hans Sachs.)
Sachs. Gott grüß' Euch, Meister!
Vogelgesang. Sind wir beisammen?

Beckmesser. Der Sachs ist ja da!

Nachtigall. So ruft die Namen!

Fritz Kothner (zieht eine Liste hervor, stellt sich zur Seite auf und ruft laut). Zu einer Freiung und Zunftberatung
ging an die Meister ein' Einladung:
bei Nenn' und Nam', ob jeder kam,
ruf' ruf' ich nun auf, als letzt=entbotner,
der ich mich nenn' und bin Fritz Kothner.
Seid Ihr da, Veit Pogner?

Pogner. Hier zur Hand. (Er setzt sich.)

Kothner. Kunz Vogelgesang?

Vogelgesang. Ein sich fand. (Er setzt sich.)

Kothner. Hermann Ortel?

Ortel. Immer am Ort. (Er setzt sich.)

Kothner. Balthasar Zorn?

Zorn. Bleibt niemals fort. (Er setzt sich.)

Kothner. Konrad Nachtigall?

Nachtigall. Treu seinem Schlag. (Er setzt sich.)

Kothner. Augustin Moser?

Moser. Nie fehlen mag. (Er setzt sich.)

Kothner. Niklaus Vogel? — Schweigt?

Ein Lehrbube (von der Bank aufstehend). Ist krank.

Kothner. Gut' Beßrung dem Meister!

Alle Meister. Walt's Gott!

Der Lehrbube. Schön Dank! (Er setzt sich wieder nieder.)

Kothner. Hans Sachs?

David (vorlaut sich erhebend und auf Sachs zeigend).
Da steht er!

Sachs (drohend zu David). Juckt dir das Fell?
Verzeiht, Meister! — Sachs ist zur Stell'. (Er setzt sich.)

Kothner. Sixtus Beckmesser?

Beckmesser. Immer bei Sachs, (während er sich setzt)
daß den Reim ich lern' von „blüh' und wachs'".

(Sachs lacht.)

Kothner. Ulrich Eißlinger?

Eißlinger. Hier! (Er setzt sich.)

Kothner. Hans Foltz?

Foltz. Bin da. (Er setzt sich.)

Kothner. Hans Schwarz?

Schwarz. Zuletzt: Gott wollt's! (Er setzt sich.)

Kothner. Zur Sitzung gut und voll die Zahl.
Beliebt's, wir schreiten zur Merkerwahl?
Vogelgesang. Wohl eh'r nach dem Fest.
Beckmesser [(zu Kothner)]. Pressiert's den Herrn?
Mein Stell' und Amt lass' ich ihm gern.
Pogner. Nicht doch, ihr Meister! Laßt das jetzt fort.
Für wicht'gen Antrag bitt' ich ums Wort.
(Alle Meister stehen auf, nicken Kothner zu und setzen sich wieder.)
Kothner. Das habt Ihr, Meister! Sprecht!
Pogner. Nun hört und versteht mich recht! —
Das schöne Fest, Johannistag,
      ihr wißt, begehn wir morgen:
auf grüner Au', am Blumenhag,
bei Spiel und Tanz im Lustgelag,
      an froher Brust geborgen,
      vergessen seiner Sorgen,
ein jeder freut sich, wie er mag.
Die Singschul' ernst im Kirchenchor
      die Meister selbst vertauschen;
mit Kling und Klang hinaus zum Tor
auf offne Wiese ziehn sie vor,
      bei hellen Festes Rauschen;
      das Volk sie lassen lauschen
dem Freigesang mit Laienohr.
Zu einem Werb= und Wettgesang
      gestellt sind Siegespreise,
und beide preist [rühmt] man weit und lang,
      die Gabe wie die Weise.
Nun schuf mich Gott zum reichen Mann;
und gibt ein jeder, wie er kann,
      so mußte ich wohl [fleißig] sinnen,
      was ich gäb' zu gewinnen,
      daß ich nicht käm' zu Schand':
so hört denn, was ich fand. —
In deutschen Landen viel gereist,
      hat oft es mich verdrossen,
daß man den Bürger wenig preist,
      ihn karg nennt und verschlossen:
an Höfen, wie an niedrer Statt,
des bittren Tadels ward ich satt,

daß nur auf Schacher und Geld
      sein Merk' der Bürger stellt.
Daß wir im weiten deutschen Reich
      die Kunst einzig noch pflegen,
      dran dünkt ihnen wenig gelegen:
doch wie uns das zur Ehre gereich',
      und daß mit hohem Mut
      wir schätzen, was schön und gut,
was wert die Kunst, und was sie gilt,
das ward ich der Welt zu zeigen gewillt.
      Drum hört, Meister, die Gab',
      die als Preis bestimmt ich hab':
dem Singer, der im Kunstgesang
vor allem Volk den Preis errang
      am Sankt=Johannistag,
      sei er, wer er auch mag,
      dem geb' ich, ein Kunstgewog'ner
      von Nürenberg, Veit Pogner,
mit all meinem Gut, wie's geh' und steh',
      Eva, mein einzig Kind, zur Eh'.
Die Meister (sich erhebend und sehr lebhaft durcheinander).
Das heißt [nenn' ich] ein Wort! Ein Wort, ein Mann!
Da sieht man, was ein Nürnberger kann!
Drob preist man Euch noch weit und breit,
den wackren Bürger Pogner Veit!
Die Lehrbuben (lustig aufspringend).
Alle Zeit, weit und breit:
      Pogner Veit!
Vogelgesang. Wer möchte da nicht ledig sein!
Sachs. Sein Weib gäb' mancher gern wohl drein!
Kothner. Auf, ledig' Mann!
      Jetzt macht euch 'ran!
Pogner. Nun hört noch, wie ich's ernstlich mein'!
(Die Meister setzen sich allmählich wieder nieder, die Lehrbuben
                    ebenfalls.)

Ein' leblos' Gabe [stell'] geb' ich nicht:
ein Mägdlein sitzt mit zu Gericht.
Den Preis erkennt die Meisterzunft;
doch gilt's der Eh', so will's Vernunft,
      daß ob der Meister Rat
      die Braut den Ausschlag hat.

Beckmesser (zu Kothner gewandt).
Dünkt Euch das klug?

Kothner [(laut)]. Versteh' ich gut,
Ihr gebt uns in des Mägdleins Hut?

Beckmesser. Gefährlich das!

Kothner. Stimmt es nicht bei,
wie wäre dann der Meister Urteil frei?

Beckmesser. Laßt's gleich wählen nach Herzens Ziel
und laßt den Meistergesang aus dem Spiel!

Pogner. Nicht so! Wie doch? Versteht mich recht!
Wem ihr Meister den Preis zusprecht,
die Maid kann dem verwehren,
doch nie einen andren begehren;
ein Meistersinger muß er sein:
nur wen ihr krönt, den soll sie frein.

Sachs (erhebt sich). Verzeiht!
Vielleicht schon ginget ihr zu weit.
Ein Mädchenherz und Meisterkunst
erglühn nicht stets in [von] gleicher Brunst;
der Frauen Sinn, gar unbelehrt,
dünkt mich dem Sinn des Volks gleich wert.
Wollt ihr nun vor dem Volke zeigen,
wie hoch die Kunst ihr ehrt;
und laßt ihr dem Kind die Wahl zu eigen,
wollt nicht, daß dem Spruch es wehrt':
so laßt das Volk auch Richter sein;
mit dem Kinde sicher stimmt's überein.

Die Meister (unruhig durcheinander).
Oho! Das Volk? Ja, das wäre schön!
Ade dann Kunst und Meistertön'!

Kothner. Nein, Sachs! Gewiß, das hat keinen Sinn!
Gäbt Ihr dem Volk die Regeln hin?

Sachs. Vernehmt mich recht! Wie ihr doch tut!
Gesteht, ich kenn' die Regeln gut;
und daß die Zunft die Regeln bewahr',
bemüh' ich mich selbst schon manches Jahr.
Doch einmal im Jahre fänd' ich's weise,
daß man die Regeln selbst probier',
ob in der Gewohnheit trägem Gleise
ihr' Kraft und Leben sich nicht verlier':

und ob ihr der Natur noch seid auf rechter Spur,
    das sagt euch nur,
wer nichts weiß von der Tabulatur.

(Die Lehrbuben springen auf und reiben sich die Hände.)

Beckmesser. Hei! wie sich die Buben freuen!
Sachs (eifrig fortfahrend).

Drum mocht' es euch nie gereuen,
daß jährlich am Sankt-Johannisfest,
statt daß das Volk man kommen läßt,
herab aus hoher Meister Wolk'
ihr selbst euch wendet zu dem Volk'.
    Dem Volke wollt ihr behagen;
    nun dächt' ich, läg' es nah',
    ihr ließt es selbst euch auch sagen,
    ob das ihm zur Lust geschah.
Daß Volk und Kunst gleich blüh' und wachs',
bestellt ihr so, mein' ich, Hans Sachs.

Vogelgesang. Ihr meint's wohl recht!
Kothner. Doch steh's drum faul.
Nachtigall. Wenn spricht das Volk, halt' ich das Maul.
Kothner. Der Kunst droht allweil' Fall und Schmach,
läuft sie der Gunst des Volkes nach.
Beckmesser. Drin bracht' er's weit, der hier so dreist:
Gassenhauer dichtet er meist.
Pogner. Freund Sachs, was ich mein', ist schon neu:
zuviel auf einmal brächte Reu'! —

(Er wendet sich zu den Meistern.)

So frag' ich, ob den Meistern gefällt
Gab' und Regel, so wie ich's gestellt?

(Die Meister erheben sich beistimmend.)

Sachs. Mir genügt der Jungfer Ausschlagstimm'.
Beckmesser [(für sich)].
Der Schuster weckt doch stets mir Grimm!
Kothner. Wer schreibt sich als Werber ein?
Ein Junggesell muß es sein.
Beckmesser. Vielleicht auch ein Witwer? Fragt nur
    den Sachs!
Sachs. Nicht doch, Herr Merker! Aus jüngrem Wachs
als ich und Ihr muß der Freier sein,
soll Evchen ihm den Preis verleihn.

Beckmesser. Als wie auch ich? — Grober Gesell!

Kothner. Begehrt wer Freiung, der komm zur Stell'!
Ist jemand gemeld't, der Freiung begehrt?

Pogner. Wohl, Meister! Zur Tagesordnung kehrt!
Und nehmt von mir Bericht,
wie ich auf Meisterpflicht
einen jungen Ritter empfehle,
der will [wünscht], daß man ihn wähle,
und heut als Meistersinger frei'. —
Mein Junker [von] Stolzing, kommt herbei!

Walther (tritt hervor und verneigt sich).

Beckmesser (für sich).
Dacht' ich mir's doch! Geht's da hinaus, Veit? (Laut.)
Meister, ich mein', zu spät ist's der Zeit.

Die Meister [(durcheinander)].
Der Fall ist neu. — Ein Ritter gar?
Soll man sich freun? — Oder wär' Gefahr?
Immerhin hat's ein groß' Gewicht,
daß Meister Pogner für ihn spricht.

Kothner. Soll uns der Junker willkommen sein,
zuvor muß er wohl vernommen sein.

Pogner. Vernehmt mich wohl [ihn gut]! Wünsch' ich
nicht bleib' ich doch hinter der Regel zurück. [ihm Glück,
Tut, Meister, die Fragen!

Kothner. So mög' uns der Junker sagen:
ist er frei und ehrlich geboren?

Pogner. Die Frage gebt verloren,
da ich euch selbst des Bürge steh',
daß er aus frei' und edler Eh':
von Stolzing Walther aus Frankenland,
nach Brief' und Urkund' mir wohlbekannt.
Als seines Stammes letzter Sproß
verließ er neulich Hof und Schloß
und zog nach Nürnberg her,
daß er hier Bürger wär'.

Beckmesser [(zum Nachbar)].
Neu Junker-Unkraut! Tut nicht gut.

Nachtigall [(laut)]. Freund Pogners Wort Genüge tut.

Sachs. Wie längst von den Meistern beschlossen ist,
ob Herr, ob Bauer, hier nichts beschießt:

hier fragt sich's nach der Kunst allein,
wer will ein Meistersinger sein.

Kothner. Drum nun frag' ich zur Stell':
welch Meisters seid Ihr Gesell?

Walther. Am stillen Herd in Winterszeit,
wenn Burg und Hof mir eingeschneit,
wie einst der Lenz so lieblich lacht',
und wie er bald wohl neu erwacht,
ein altes Buch, vom Ahn vermacht,
gab das mir oft zu lesen:
Herr Walther von der Vogelweid',
der ist mein Meister gewesen.

Sachs. Ein guter Meister!

Beckmesser. Doch lang' schon tot:
wie lehrt' ihn der wohl der Regeln Gebot?

Kothner. Doch in welcher Schul' das Singen
mocht' Euch zu lernen gelingen?

Walther. Wann dann die Flur vom Frost befreit
und wiederkehrt die Sommerszeit,
was einst in langer Winternacht
das alte Buch mir kundgemacht,
das schallte laut in Waldespracht,
das hört' ich hell erklingen:
im Wald dort auf der Vogelweid',
da lernt' ich auch das Singen.

Beckmesser. Oho! Von Finken und Meisen
lerntet Ihr Meisterweisen?
Das wird [mag] dann wohl auch danach sein!

Vogelgesang. Zwei art'ge Stollen faßt' er da ein.

Beckmesser. Ihr lobt ihn, Meister Vogelgesang?
Wohl weil er vom Vogel lernt' den Gesang?

Kothner [(beiseite zu den Meistern)].
Was meint ihr, Meister? Frag' ich noch fort?
Mich dünkt, der Junker ist fehl am Ort.

Sachs. Das wird sich bäldlich zeigen:
Wenn rechte Kunst ihm eigen
und gut er sie bewährt,
was gilt's, wer sie ihn gelehrt?

Kothner (zu Walther). Seid Ihr bereit, ob Euch geriet
mit neuer Find' ein Meisterlied,

nach Dicht' und Weis' Eu'r eigen,
Zur Stunde jetzt zu zeigen?
Walther. Was Winternacht, was Waldespracht,
was Buch und Hain mich wiesen;
was Dichtersanges Wundermacht
   mir heimlich wollt' erschließen;
was Rosses Schritt beim Waffenritt,
was Reihentanz bei heitrem Schanz
   mir sinnend gab zu lauschen:
gilt es des Lebens höchsten Preis
   um Sang mir einzutauschen,
zu eignem Wort und eigner Weis'
   will einig mir es fließen,
als Meistersang, ob den ich weiß,
   euch Meistern sich ergießen.
Beckmesser. Entnahmt ihr was der Worte Schwall?
Vogelgesang. Ei nun, er wagt's!
Nachtigall. Merkwürd'ger Fall!
Kothner. Nun, Meister, wenn's gefällt,
   werd' das Gemerk bestellt. — (Zu Walther.)
Wählt der Herr einen heil'gen Stoff?
Walther. Was heilig mir, der Liebe Panier
schwing' und sing' ich, mir zu Hoff'.
Kothner. Das gilt uns weltlich. Drum allein,
Merker Beckmesser, schließt Euch ein!

Beckmesser (erhebt sich und schreitet wie widerwillig dem
Gemerke zu). Ein saures Amt, und heut zumal;
wohl gibt's mit der Kreide manche Qual. —
     (Er verneigt sich gegen Walther.)
   Herr Ritter, wißt:
Sixtus Beckmesser Merker ist;
   hier im Gemerk
verrichtet er still sein strenges Werk.
Sieben Fehler gibt er Euch vor,
   die merkt er mit Kreide dort an:
wenn er über sieben Fehler verlor,
   dann versang der Herr Rittersmann. —
     (Er setzt sich im Gemerk.)
   Gar fein er hört;
doch daß er Euch den Mut nicht stört,
säht Ihr ihm zu, so gibt er Euch Ruh'

und schließt sich gar hier ein —
läßt Gott Euch befohlen sein. .

(Er streckt den Kopf höhnisch freundlich nickend heraus und verschwindet hinter dem zugezogenen Vorhange des Gemerks gänzlich.)

Kothner (winkt den Lehrbuben. Zu Walther).
Was Euch zum Liede Richt' und Schnur,
vernehmt nun aus der Tabulatur. —

(Die Lehrbuben haben die an der Wand aufgehängte Tafel „Leges
Tabulaturae" herabgenommen und halten sie Kothner vor; dieser
liest daraus.)

„Ein jedes Meistergesanges Bar
stell' ordentlich ein Gemäße dar
aus unterschiedlichen Gesätzen,
die keiner soll verletzen.
Ein Gesätz besteht aus zweenen Stollen,
die gleiche Melodei haben sollen;
der Stoll' aus etlicher Vers' Gebänd',
der Vers hat [s]einen Reim am End'.
Darauf [so] erfolgt der Abgesang,
der sei auch etlich' Verse lang,
und hab' sein' besondre Melodei,
als nicht im Stollen zu finden sei.
Derlei Gemäßes mehre Baren
soll ein jed' Meisterlied bewahren;
und wer ein neues Lied gericht',
das über vier der Silben nicht
eingreift in andrer Meister Weis',
des Lied erwerb' sich Meisterpreis." —

(Er gibt die Tafel den Lehrbuben zurück; diese hängen sie wieder auf.)

Nun setzt Euch in den Singestuhl!
 Walther (mit einem Schauer). Hier — in den Stuhl?
 Kothner. Wie's Brauch der Schul'.
 Walther (besteigt den Stuhl und setzt sich mit Widerstreben.
Beiseite). Für dich, Geliebte, sei's getan!
 Kothner (sehr laut). Der Sänger sitzt.
 Beckmesser (unsichtbar im Gemerk, sehr grell). Fanget an!
 Walther [(nach einiger Sammlung)]. Fanget an!
  So rief der Lenz in den Wald,
  daß laut es ihn durchhallt;

und wie in fernren Wellen
der Hall von dannen flieht,
von weither naht ein Schwellen,
das mächtig näher zieht;
es schwillt und schallt,
es tönt der Wald
von holder Stimmen Gemenge;
nun laut und hell schon nah' zur Stell',
wie wächst der Schwall! Wie Glockenhall
ertost des Jubels Gedränge!
Der Wald, wie bald
antwortet er dem Ruf,
der neu ihm Leben schuf,
stimmte an
das süße Lenzeslied! —

(Man hört aus dem Gemerk unmutige Seufzer des Merkers und heftiges Anstreichen mit der Kreide. Auch Walther hat es gehört; nach kurzer Störung fährt er fort.)

In einer Dornenhecken,
von Neid und Gram verzehrt,
mußt' er sich da verstecken,
der Winter, grimm-bewehrt:
von dürrem Laub umrauscht
er lauert da und lauscht,
wie er das frohe Singen
zu Schaden könnte bringen. —

(Er steht vom Stuhle auf.)

Doch: fanget an!
So rief es mir in der [die] Brust,
als noch ich von der Liebe nicht mußt'.
Da fühlt' ich's tief sich regen,
als weckt' es mich aus dem Traum;
mein Herz mit bebenden Schlägen
erfüllte des Busens Raum:
das Blut, es wallt mit Allgewalt,
geschwellt von neuem Gefühle;
aus warmer Nacht mit Übermacht
schwillt mir zum Meer der Seufzer Heer
im wilden Wonnegewühle:
die Brust mit Lust

antwortet sie dem Ruf,
der neu ihr Leben schuf:
    stimmt nun an
das hehre Liebeslied!

Beckmesser (der immer unruhiger geworden,) den Vorhang
aufreißend). Seid Ihr nun fertig?

Walther. Wie fraget Ihr?

Beckmesser. Mit der Tafel ward ich fertig schier.
(Er hält die ganz mit Kreidestrichen bedeckte Tafel heraus; die
Meister brechen in ein Gelächter aus.)

Walther. Hört doch! Zu meiner Frauen Preis
gelang' ich jetzt erst mit der Weis'.

Beckmesser (das Gemerk verlassend).
Singt, wo Ihr wollt! Hier habt Ihr vertan. —
Ihr Meister, schaut die Tafel euch an:
so lang' ich leb', ward's nicht erhört;
ich glaubt's nicht, wenn ihr's all auch schwört!
    [(Die Meister sind im Aufstand durcheinander.)]

Walther. Erlaubt ihr's, Meister, daß er mich stört?
Blieb ich von allen ungehört?

Pogner. Ein Wort, Herr Merker! Ihr seid gereizt!

Beckmesser. Sei Merker fortan, wer danach geizt!
Doch daß der [Ritter] Junker hier versungen hat,
beleg' ich erst noch vor der Meister Rat.
Zwar wird's 'ne harte Arbeit sein:
wo beginnen, da wo nicht aus noch ein?
Von falscher Zahl und falschem Gebänd'
    schweig' ich schon ganz und gar;
zu kurz, zu lang, wer ein End' da fänd'!
    Wer meint hier im Ernst einen Bar?
Auf „blinde Meinung" klag' ich allein:
sagt, konnt' ein Sinn unsinniger sein?

Mehrere Meister. Man ward nicht klug! Ich muß ge=
ein Ende konnte keiner ersehn.   [stehn,

Beckmesser. Und dann die Weis'! Welch tolles Gekreis'
aus „Abenteuer"=, „blau Rittersporn"=Weis',
„hoch Tannen"= und „stolz Jüngling"=Ton!

Kothner. Ja, ich verstand gar nichts davon!

Beckmesser. Kein Absatz wo, kein' Koloratur,
von Melodei auch nicht eine Spur!

Die Meister (sind im wachsenden Aufstand begriffen).

Ortel und **Foltz.** Wer nennt das Gesang?
Moser und **Nachtigall.** 's ward einem bang!
Vogelgesang. Eitel Ohrgeschinder!
Zorn. Auch gar nichts dahinter!
Kothner. Und gar vom Singstuhl ist er gesprungen!
Beckmesser. Wird erst auf die Fehlerprobe gedrungen?
Oder gleich erklärt, daß er versungen?
    Sachs (der vom Beginne an Walther mit wachsendem Ernste
zugehört, schreitet vor). Halt! Meister! Nicht so geeilt!
Nicht jeder eure Meinung teilt. —
    Des Ritters Lied und Weise,
sie fand ich neu, doch nicht verwirrt;
    verließ er unsre Gleise,
schritt er doch fest und unbeirrt.
    Wollt ihr nach Regeln messen,
was nicht nach eurer Regeln Lauf,
    der eignen Spur vergessen,
sucht davon erst die Regeln auf!
    Beckmesser. Aha! Schon recht! Nun hört ihr's doch:
den Stümpern öffnet Sachs ein Loch,
    da aus und ein nach Belieben
    ihr Wesen leicht sie trieben.
Singet dem Volk auf Markt und Gassen;
hier wird nach den Regeln nur eingelassen!
    Sachs. Herr Merker, was doch solch ein Eifer?
    Was doch so wenig Ruh'?
Eu'r Urteil, dünkt mich, wäre reifer,
    hörtet Ihr besser zu.
Darum, so komm' ich jetzt zum Schluß,
daß den Junker man zu End' hören muß.
    Beckmesser. Der Meister Zunft, die ganze Schul',
gegen den Sachs da sind wir [sie] Null.
    Sachs. Verhüt' es Gott, was ich begehr',
daß das nicht nach den Gesetzen wär'!
    Doch da nun steht geschrieben,
der Merker werde so bestellt,
    daß weder Haß noch Lieben
das Urteil trüben, das er fällt:
Geht der nun gar auf Freiersfüßen,
wie sollt' er da die Lust nicht büßen,

den Nebenbuhler auf dem Stuhl
zu schmähen vor der ganzen Schul'?

(Walther flammt auf.)

Nachtigall. Ihr geht zu weit!

Kothner. Persönlichkeit!

Pogner [(zu den Meistern)].
Vermeidet, Meister, Zwist und Streit!

Beckmesser. Ei, was kümmert's doch Meister Sachsen,
    auf was für Füßen ich geh'?
Ließ er drob lieber Sorge sich wachsen,
    daß mir nichts drück' die Zeh'!
Doch seit mein Schuster ein großer Poet,
gar übel es um mein Schuhwerk steht;
da seht, wie es schlappt und überall klappt!
    All seine Vers' und Reim'
    ließ' ich ihm gern daheim,
Historien, Spiel' und Schwänke dazu,
bräch't' er mir morgen die neuen Schuh'!

Sachs (kratzt sich hinter den Ohren).
    Ihr mahnt mich da gar recht:
    doch schickt sich's, Meister, sprecht,
daß, find' ich selbst dem Eseltreiber
    ein Sprüchlein auf die Sohl',
dem hochgelahrten Herrn Stadtschreiber
    ich nichts draufschreiben soll?
Das Sprüchlein, das Eu'r würdig sei,
mit all meiner armen Poeterei
    fand ich noch nicht zur Stund';
    doch wird's wohl jetzt mir kund,
wenn ich des Ritters Lied gehört: —
drum sing' er nun weiter ungestört!

(Walther steigt in großer Aufregung auf den Singstuhl und blickt
stehend herab.)

Beckmesser. Nicht weiter! Zum Schluß!

Die Meister. Genug! Zum Schluß!

Sachs (zu Walther).
Singt, dem Herrn Merker zum Verdruß!

Beckmesser. Was sollte man da noch hören?
    Wär's nicht euch [nur uns] zu betören?

(Er holt [während Walther beginnt] aus dem Gemerk die Tafel herbei und hält sie während des Folgenden, von einem zum andern sich

wendend, zur Prüfung den Meistern vor [die er schließlich zu einem
Kreis um sich zu vereinigen bemüht ist, welchem er immer die Tafel
zur Einsicht vorhält].)

Walther [(in übermütig verzweifelter Begeisterung, hoch auf
dem Singstuhl aufgerichtet und auf die unruhig durcheinander sich
bewegenden Meister herabblickend)].

Aus finstrer Dornenhecken
Die Eule rauscht' hervor,
tät rings mit Kreischen wecken
der Raben heisren Chor:
in näch'gem Heer zu Hauf
wie krächzen all da auf,
mit ihren Stimmen, den hohlen,
die Elstern, Krähn und Dohlen!
Auf da steigt
mit goldnem Flügelpaar
ein Vogel wunderbar:
sein strahlend hell Gefieder
licht in den Lüften blinkt;
schwebt selig hin und wider
zu Flug und Flucht mir winkt.
Es schwillt das Herz
vor [von] süßem Schmerz,
der Not entwachsen Flügel;
es schwingt sich auf
zum kühnen Lauf,
aus der Städte Gruft
zum Flug durch die Luft,
dahin zum heim'schen Hügel;
dahin zur grünen Vogelweid',
wo Meister Walther einst mich freit';
da sing' ich hell und hehr
der liebsten Frauen Ehr':
auf [dann] da steigt,
ob Meister-Krähn ihm ungeneigt,
das stolze Minnelied. —
Ade! ihr Meister, hienied'!
(Er verläßt mit einer stolz verächtlichen Gebärde den Stuhl
und wendet sich rasch zum Fortgehen.)

Beckmesser. Jeden [der] Fehler groß und klein
setzt genau auf der Tafel ein. —

4 Wagner, Die Meistersinger

„Falsch Gebänd", „unredbare Worte",
„Klebsilben", hier „Laster" gar;
„Äquivoca", „Reim am falschen Orte",
„verkehrt", „verstellt" der ganze Bar;
ein „Flickgesang" hier zwischen den Stollen;
„blinde Meinung" allüberall;
„unklare Wort'", „Differenz", hie „Schrollen",
da „falscher Atem", hier „überfall".
Ganz unverständliche Melodei!
Aus allen Tönen ein Mischgebräu!
Scheutet ihr nicht das Ungemach
Meister, zählt mir die Fehler [Striche] nach!
Verloren hätt' er schon mit dem acht':
doch so weit wie der hat's noch keiner gebracht!
Wohl über fünfzig, schlecht gezählt!
Sagt, ob ihr euch den zum Meister wählt?

Die Meister [(durcheinander)].

Jawohl, so ist's! Ich seh' es recht!
Mit dem Herrn Ritter steht es schlecht.
Mag Sachs von ihm halten, was er will,
hier in der Singschul' schweig' er still!
Bleibt einem jeden doch unbenommen,
    wen er sich zum Genossen begehrt?
Wär' uns der erste best' willkommen,
    was blieben die Meister dann wert? —
    Hei! wie sich der Ritter da quält!
Der Sachs hat ihn sich erwählt! — (Lachend.) Hahaha!
's ist ärgerlich gar! Drum macht ein End'!
Auf, Meister, stimmt und erhebt die Händ'!

    (Die Meister erheben die Hände.)

Sachs (beobachtet Walther entzückt).

    Ha, welch ein Mut!
    Begeistrungsglut! —
    Ihr Meister, schweigt doch und hört!
(Inständig.) Hört, wenn Sachs euch beschwört! —
Herr Merker da! gönnt doch nur Ruh'!
Laßt andre hören! gebt das nur zu! —
    Umsonst! All eitel Trachten!
Kaum vernimmt man sein eignes Wort!
    Des Junkers will keiner achten: —
das nenn' [heiß'] ich Mut, singt der noch fort!

Das Herz auf dem rechten Fleck:
ein wahrer Dichter-Reck'! —
Mach' ich, Hans Sachs, wohl Vers' und Schuh'
ist Ritter der und Poet dazu.

Pogner (für sich).

Jawohl, ich seh's, was mir nicht recht:
mit meinem Junker steht es schlecht!
Weich' ich hier der Übermacht,
mir ahnet, daß mir's Sorge macht.
Wie gern säh' ich ihn angenommen,
als Eidam wär' er mir gar wert;
nenn' ich den Sieger jetzt [nun] willkommen,
wer weiß, ob ihn mein Kind [erwählt] begehrt!
Gesteh' ich's, daß mich das quält,
ob Eva den Meister wählt!

Die Lehrbuben ([welche längst sich die Hände rieben,] sind
von der Bank aufgestanden und nähern sich dem Gemerk, um
welches sie einen Ring schließen und sich zum Reigen ordnen).

Glückauf zum Meistersingen,
mögt Ihr Euch das Kränzlein erschwingen!

(Sie fassen sich an und tanzen im Ringe immer lustiger um das
Gemerk.)

Das Blumenkränzlein aus Seiden fein,
wird das dem Herrn Ritter beschieden sein?

Beckmesser. Nun, Meister, kündet's an!

[(Die Mehrzahl hebt die Hände auf.)]

Die Meister. Versungen und vertan!

(Alles geht in Aufregung auseinander; lustiger Tumult der Lehrbuben, welche sich des Gemerkes und der Meisterbänke bemächtigen,
wodurch Gedränge und Durcheinander der nach dem Ausgange sich
wendenden Meister entsteht. — Sachs, der allein im Vordergrunde
verblieben, blickt noch gedankenvoll nach dem leeren Singestuhl; als
die Lehrbuben auch diesen erfassen und Sachs darob mit humoristisch-
unmutiger Gebärde sich abwendet, fällt der Vorhang.)

4*

Zweiter Aufzug

Im Vordergrund eine Straße im Längen-durchschnitt.

Die Straße wird in der Mitte von einer schmalen Gasse, nach dem Hintergrunde zu krumm abbiegend, durchschnitten, so daß sich im Front zwei Eckhäuser darbieten, von denen das eine reichere — rechts — das Haus Pogners, das andere einfachere — links — das des Hans Sachs ist. — Zu Pogners Hause führt von der vorderen Straße aus eine Treppe von mehreren Stufen: vertiefte Tür, mit Steinsitzen in den Nischen. Zur Seite ist der Raum, ziemlich nahe an Pogners Hause, durch eine dickstämmige Linde abgegrenzt; grünes Gesträuch umgibt sie am Fuß, vor welchem auch eine Steinbank angebracht ist. — Der Eingang zu Sachs' Hause ist ebenfalls nach der vorderen Straße zu gelegen: eine geteilte Ladentür führt hier unmittelbar in die Schusterwerkstatt; dicht dabei steht ein Fliederbaum, dessen Zweige bis über den Laden hereinhängen. Nach der Gasse zu hat das Haus noch zwei Fenster, von welchen das eine zur Werkstatt, das andere zu einer dahinterliegenden Kammer gehört. [Alle Häuser, namentlich auch die der engeren Gasse, müssen praktikabel sein. Vor Pogners Hause eine Linde, vor dem Sachs' ein Fliederbaum.]

Heiterer Sommerabend, im Verlaufe der ersten Auftritte allmählich einbrechende Nacht.

Erster Auftritt

David ist darüber her, die Fensterläden nach der Gasse zu von außen zu schließen. Andere Lehrbuben tun das gleiche bei anderen Häusern.

Lehrbuben (während der Arbeit).

Johannistag! Johannistag!
Blumen und Bänder, so viel man mag!

David (leise für sich).

„Das Blumenkränzlein von Seiden fein,
möcht' es mir balde beschieden sein!"

Magdalene (ist mit einem Korbe am Arm aus Pogners Hause gekommen und sucht David unbemerkt sich zu nähern).

Pst! David!

David (nach der Gasse zu sich umwendend, heftig).

Ruft ihr schon wieder?
Singt allein eure dummen Lieder!

(Er wendet sich unwillig zur Seite.)

Lehrbuben (zuerst Magdalenens Stimme nachahmend).

David, was soll's? Wärst nicht so stolz,

schaut'st besser um, wärst nicht so dumm!
„Johannistag! Johannistag!"
Wie der nur die Jungfer Lene nicht kennen mag!

Magdalene. David! hör' doch! kehr' dich zu mir!

David. Ach, Jungfer Lene! Ihr seid hier?

Magdalene (auf ihren Korb deutend).
Bring' dir was Gut's; schau nur hinein!
Das soll für mein lieb Schätzel sein. —
Erst aber schnell, wie ging's mit dem Ritter?
Du rietest ihm gut? Er gewann den Kranz?

David. Ach, Jungfer Lene! Da steht's bitter;
der hat versungen und ganz vertan! [vertan und versungen ganz!]

Magdalene (erschrocken). Versungen? Vertan?

David. Was geht's Euch nur an?

Magdalene (den Korb, nach welchem David die Hand aus-
streckt, heftig zurückziehend).
Hand von der Taschen! Nichts [da] zu naschen! —
Hilf Gott! Unser Junker vertan!
(Sie geht mit Gebärden der Trostlosigkeit in das Haus zurück.)
(David sieht ihr verblüfft nach.)

Die Lehrbuben (welche unbemerkt nähergeschlichen waren
und gelauscht hatten, präsentieren sich jetzt, wie glückwünschend, David).
Heil, Heil zur Eh' dem jungen Mann!
Wie glücklich hat er gefreit!
Wir hörten's all und sahen's an:
der er sein Herz geweiht,
für die er läßt sein Leben,
die hat ihm den Korb nicht gegeben.

David (auffahrend). Was steht ihr hier faul?
Gleich haltet das [eu'r] Maul!

Die Lehrbuben (schließen einen Ring um David und tanzen
um ihn). Johannistag! Johannistag!
Da freit ein jeder, wie er mag.
Der Meister freit, der Bursche freit!
Da gibt's Geschlamb' und Geschlumbfer.
Der Alte freit die junge Maid,
der Bursche die alte Jumbfer! —
Juchhei! Juchhei! Johannistag!
(David ist im Begriff, wütend dreinzuschlagen, als Sachs, der aus
der Gasse hervorgekommen, dazwischentritt. Die Lehrbuben fahren
auseinander.)

Sachs (zu David).
Was gibt's? Treff' ich dich wieder am Schlag?
David. Nicht ich! Schandlieder singen die.
Sachs. Hör' nicht drauf! Lern's besser wie sie! —
Zur Ruh'! ins Haus! Schließ und mach' Licht!
(Die Lehrbuben zerstreuen sich.)
　　David. Hab' ich heut [noch] Singstund'?
　　Sachs. Nein, singst nicht!
Zur Straf' für dein heutig frech' Erdreisten. —
Die neuen Schuh' steck' mir auf den Leisten!
(David und Sachs sind in die Werkstatt eingetreten und gehen durch
eine innere Tür ab.)

Zweiter Auftritt

Pogner und Eva, wie vom Spaziergange heimkehrend, die Tochter
leicht am Arme des Vaters eingehenkt, sind beide schweigsam [und
in Gedanken] die Gasse heraufgekommen.

　　Pogner (noch auf der Gasse, durch eine Klinze im Fensterladen
von Sachs' Werkstatt spähend).
Laß sehn, ob Nachbar Sachs zu Haus? —
Gern spräch' ich ihn. Trät' ich wohl ein?
(David kommt mit Licht aus der Kammer, setzt sich damit an den
Werktisch am Fenster und macht sich über die Arbeit her.)
　　Eva (spähend). Er scheint daheim: kommt Licht heraus.
　　Pogner. Tu' ich's? — Zu was doch? — Besser, nein!
(Er wendet sich ab.)
　　　　Will einer Seltnes wagen,
　　　　was ließ er [da] sich dann sagen? — —
　　　　　　[(Nach einigem Sinnen.)]
War er's nicht, der meint', ich ging zu weit?
　　　　Und blieb ich nicht im Geleise,
　　　　war's nicht auf seine Weise? —
Doch war's vielleicht auch — Eitelkeit? —
(Er wendet sich zu Eva.)
Und du, mein Kind, du sagst mir nichts?
　　Eva. Ein folgsam Kind, gefragt nur spricht's.
　　Pogner. Wie klug! Wie gut! — Komm, setz' dich hier
ein' Weil' noch auf die Bank zu mir.
(Er setzt sich auf die Steinbank unter der Linde.)

Eva. Wird's nicht zu kühl?
'ᶊ war heut gar schwül.

Pogner. Nicht doch, 'ᶊ ist mild und labend;
gar lieblich lind der Abend.

(Eva setzt sich zögernd und beklommen Pogner zur Seite.)

Das deutet auf den schönsten Tag,
der morgen [dir] soll erscheinen.
O Kind, sagt dir kein Herzensschlag,
welch Glück dich morgen treffen mag,
wenn Nürenberg, die ganze Stadt
mit Bürgern und Gemeinen,
mit Zünften, Volk und hohem Rat,
vor dir sich soll vereinen,
daß du den Preis, das edle Reis,
erteilest als Gemahl
dem Meister deiner Wahl?

Eva. Lieb' Vater, muß es ein Meister sein?

Pogner. Hör' wohl: ein Meister deiner Wahl.

(Magdalene erscheint an der Tür und winkt Eva.)

Eva (zerstreut).

Ja — meiner Wahl. — Doch tritt nur ein —

(Laut zu Magdalene gewandt.)

(Gleich, Lene, gleich!) — zum Abendmahl. (Sie steht auf.)

Pogner (ärgerlich aufstehend). 'ᶊ gibt doch keinen Gast?

Eva (wie zuvor). Wohl den Junker?

Pogner (verwundert). Wieso?

Eva. Sahst ihn heut nicht?

Pogner (halb für sich, nachdenklich zerstreut).

Ward sein nicht froh. —

(Sich zusammennehmend.)

Nicht doch! — Was denn? — (Sich vor die Stirn klopfend.)

Ei! werd' ich dumm?

Eva. Lieb' Väterchen, komm! Geh, kleid' dich um!

Pogner (während er ins Haus vorangeht).

Hm! — Was geht mir im Kopf doch 'rum? (Er geht ab.)

Magdalene (heimlich zu Eva). Hast was heraus?

Eva [(ebenso)]. Blieb still und stumm.

Magdalene. Sprach David: meint', er habe vertan.

Eva (erschrocken).

Der Ritter! — Hilf Gott, was fing' ich an?
Ach, Lene, die Angst! Wo was erfahren?

Magdalene. Vielleicht vom Sachs?

Eva (heiter). Ach, der hat mich lieb!
Gewiß, ich geh' hin.

Magdalene. Laß drin nichts gewahren!
Der Vater merkt' es, wenn man jetzt blieb'. —
Nach dem Mahl: dann hab' ich dir noch was zu sagen,
(im Abgehen auf der Treppe)
was jemand geheim mir aufgetragen.

Eva (sich umwendend). Wer denn? Der Junker?

Magdalene. Nichts da! Nein!
Beckmesser.

Eva. Das mag was Rechtes sein!
(Sie geht in das Haus, Magdalene folgt ihr.)

Dritter Auftritt

Sachs ist, in leichter Hauskleidung, von innen in die Werkstatt
zurückgekommen. Er wendet sich zu David, der an seinem Werktische verblieben ist.

Sachs. Zeig her! — 's ist gut. — Dort an der Tür
rück' mir Tisch und Schemel herfür! —
Leg' dich zu Bett! Steh [wach] auf beizeit,
verschlaf die Dummheit, sei morgen gescheit!

David (während er den Tisch und Schemel richtet).
Schafft Ihr noch Arbeit?

Sachs. Kümmert dich das?

David (für sich).
Was war nur der Lene? — Gott weiß, was! —
Warum wohl der Meister heute wacht?

Sachs. Was stehst noch?

David. Schlaft wohl, Meister!

Sachs. Gut' Nacht!

David (geht in die der Gasse zu gelegene Kammer ab).

Sachs (legt sich die Arbeit zurecht, setzt sich an der Tür auf
den Schemel, läßt aber die Arbeit wieder liegen und lehnt, mit dem
Arm auf den geschlossenen Unterteil des Türladens gestützt, sich zurück).
Wie [Was] duftet doch der Flieder
so mild, so stark und voll!
Mir löst es weich die Glieder,
will, daß ich was sagen soll. —
Was gilt's, was ich dir sagen kann?
Bin gar ein arm einfältig Mann!

Soll mir die Arbeit nicht schmecken,
gäbst, Freund, lieber mich frei;
tät' besser, das Leder zu strecken,
und ließ alle Poeterei. —

(Er nimmt heftig und geräuschvoll die Schusterarbeit vor. Läßt
wieder ab, lehnt sich von neuem zurück und sinnt nach.)

Und doch, 's will halt nicht gehn. —
Ich fühl's — und kann's nicht verstehn —
kann's nicht behalten — doch auch nicht vergessen;
und faß' ich es ganz — kann ich's nicht messen! —
Doch wie auch wollt' ich's |messen| fassen,
was unermeßlich mir schien?
Kein' Regel wollte da passen,
und war doch kein Fehler drin. —
Es klang so alt und war doch so neu —
wie Vogelsang im süßen Mai: —
wer ihn hört
und wahnbetört
sänge dem Vogel nach,
dem bracht' es Spott und Schmach. —
Lenzes Gebot,
die süße Not,
die legt' es ihm in die Brust:
nun sang er, wie er mußt'!
Und wie er mußt', so konnt' er's;
das merkt' ich ganz besonders:
dem Vogel, der heut sang,
dem war der Schnabel hold gewachsen:
macht' er den Meistern bang,
gar wohl gefiel er doch Hans Sachsen.

(Er nimmt mit heiterer Gelassenheit seine Arbeit vor.)

Vierter Auftritt

Eva ist auf die Straße getreten, hat sich schüchtern |spähend| der
Werkstatt genähert und steht jetzt unvermerkt an der Tür bei Sachs.

Eva. Gut'n Abend, Meister! Noch so fleißig?

Sachs (fährt angenehm überrascht auf).
Ei, Kind! Lieb' Evchen! Noch so spät?
Und doch, warum so spät noch, weiß ich:
die neuen Schuh'?

Eva. Wie fehl Er rät!

Die Schuh' hab' ich noch gar nicht probiert;
sie sind so schön und [so] reich geziert,
daß ich sie noch nicht an die Füß' mir getraut.

(Sie setzt sich dicht neben Sachs auf den Steinsitz.)

Sachs. Doch sollst sie morgen tragen als Braut?

Eva. Wer wäre denn Bräutigam?

Sachs. Weiß ich das?

Eva. Wie wißt Ihr dann, daß ich Braut?

Sachs. Ei was!
Das weiß die Stadt.

Eva. Ja, weiß es die Stadt,
Freund Sachs gute Gewähr dann hat.
Ich dacht', er wüßt' mehr.

Sachs. Was sollt' ich wissen?

Eva. Ei seht doch! Werd' ich's ihm sagen müssen?
Ich bin wohl recht dumm?

Sachs. Das sag' ich nicht.

Eva. Dann wärt Ihr wohl klug?

Sachs. Das weiß ich nicht.

Eva. Ihr wißt nichts? Ihr sagt nichts? — Ei, Freund
                     Sachs,
jetzt merk' ich wahrlich, Pech ist kein Wachs.
Ich hätt' Euch für feiner gehalten.

Sachs. Kind!
Beid', Wachs und Pech vertraut mir sind.
Mit Wachs strich ich die seidnen Fäden,
damit ich dir die zieren Schuh' gefaßt:
heut faß' ich die Schuh' mit dichtren Drähten,
da gilt's mit Pech für den derbren Gast.

Eva. Wer ist denn der? Wohl was rechts?

Sachs. Das mein' ich!
Ein Meister stolz auf Freiers Fuß,
denkt morgen zu siegen ganz alleinig:
Herrn Beckmessers Schuh' ich richten muß.

Eva. So nehmt nur tüchtig Pech dazu:
da kleb' er drin und laß mir Ruh'!

Sachs. Er hofft dich sicher zu ersingen.

Eva. Wieso denn der?

Sachs. Ein Junggesell:
's gibt deren wenig dort zur Stell'.

Eva. Könnt's einem Witwer nicht gelingen?

Sachs. Mein Kind, der wär' zu alt für dich.

Eva. Ei was, zu alt! Hier gilt's der Kunst:
wer sie versteht, der werb' um mich!

Sachs. Lieb' Evchen! Machst mir blauen Dunst?

Eva. Nicht ich! Ihr seid's; Ihr macht mir Flausen!
Gesteht nur, daß Ihr wandelbar;
Gott weiß, wer jetzt Euch im Herzen mag hausen,
Glaubt' ich mich doch drin so manches Jahr.

Sachs. Wohl, da ich dich gern auf [in] den Armen trug?

Eva. Ich seh', 's war nur, weil Ihr kinderlos.

Sachs. Hatt' einst ein Weib und Kinder genug.

Eva. Doch starb Eure Frau, so wuchs ich groß.

Sachs. Gar groß und schön!

Eva. Da [Drum] dacht' ich aus:
Ihr nähmt mich für Weib und Kind ins Haus.

Sachs. Da hätt' ich ein Kind und auch ein Weib:
's wär' gar ein lieber Zeitvertreib!
Ja, ja! das hast du dir gar schön erdacht.

Eva. Ich glaub', der Meister mich gar verlacht?
Am End' auch ließ er sich gar gefallen,
daß unter der Nas' ihm weg vor [von] allen
der Beckmesser morgen mich ersäng'?

Sachs. Wer sollt's ihm [Wie sollt' ich's] wehren, wenn's
 ihm geläng'? —
Dem müßt' allein dein Vater Rat.

Eva. Wo so ein Meister den Kopf nur hat!
Käm' ich zu Euch wohl, fänd' ich's zu Haus?

Sachs (trocken).
Ach, ja! Hast recht! 's ist im Kopf mir kraus:
hab' heut manch Sorg' und Wirr' erlebt:
da mag's dann sein, daß was drin klebt.

Eva (wieder näher rückend).
Wohl in der Singschul'? 's war heut Gebot.

Sachs. Ja, Kind: eine Freiung machte mir Not.

Eva. Ja, Sachs! Das hättet Ihr gleich soll'n sagen;
quält' [plagt'] Euch dann nicht mit unnützen Fragen. —
Nun sagt, wer war's, der Freiung begehrt?

Sachs. Ein Junker, Kind, gar unbelehrt.

Eva (wie heimlich).
Ein [Ritter] Junker? Mein, sagt! — und ward er gefreit?

Sachs. Nichts da, mein Kind! 's gab gar viel Streit.

Eva. So sagt! Erzählt, wie ging es zu?
Macht's Euch Sorg', wie ließ' mir es Ruh'? —
So bestand er übel und hat vertan?

Sachs. Ohne Gnad' versang der Herr Rittersmann.

Magdalene (kommt zum Hause heraus und ruft leise).
Pst! Evchen! Pst!

Eva (eifrig zu Sachs gewandt). Ohne Gnade? Wie?
Kein Mittel gäb's, das ihm gedieh'?
Sang er so schlecht, so fehlervoll,
daß nichts mehr zum Meister ihm helfen soll?

Sachs. Mein Kind, für den ist alles verloren,
und Meister wird der in keinem Land;
denn wer als Meister [ward] geboren,
der hat unter Meistern den schlimmsten Stand.

Magdalene (vernehmlicher rufend). Der Vater verlangt.

Eva (immer dringender zu Sachs). So sagt mir noch an,
ob keinen der Meister zum Freund er gewann?

Sachs. Das wär' nicht übel! Freund ihm noch sein!
Ihm, vor dem sich alle fühlten so klein!
Den Junker Hochmut, laßt ihn laufen,
mag er durch die Welt sich raufen:
was wir erlernt mit Not und Müh',
dabei laßt uns in Ruh' verschnaufen!
Hier renn' er nichts uns über'n Haufen,
sein Glück ihm anderswo erblüh'!

Eva (erhebt sich zornig). Ja, anderswo soll's ihm erblühn,
als bei euch garst'gen, neid'schen Mannsen;
wo warm die Herzen noch erglühn,
trotz allen tück'schen Meister Hansen! — (Zu Magdalene.)
Ja, Lene! Gleich! ich komme schon!
Was trüg' ich hier für Trost davon?
Da riecht's nach Pech, daß Gott erbarm'!
Brennt' er's lieber, da würd' er doch warm!
(Sie geht sehr aufgeregt mit Magdalene über die Straße hinüber
und verweilt in großer Unruhe unter der Tür des Hauses.)

Sachs (sieht ihr mit bedeutungsvollem Kopfnicken nach).
Das dacht' ich wohl. Nun heißt's: schaff' Rat!
(Er ist während des Folgenden damit beschäftigt, auch die obere
Ladentür so weit zu schließen, daß sie nur ein wenig Licht noch
durchläßt: er selbst verschwindet so fast gänzlich.)

Magdalene. Hilf Gott! wo [was] bliebst du nur so spat?
Der Vater rief.

Eva. Geh zu ihm ein:
ich sei zu Bett im Kämmerlein.

Magdalene. Nicht doch! Hör' mich [nur]! Komm' ich
dazu?
Beckmesser fand mich: er läßt nicht Ruh',
zur Nacht sollst du dich ans Fenster neigen,
er will dir was Schönes singen und geigen,
mit dem er dich hofft zu gewinnen, das Lied,
ob dir das nach [zu] Gefallen geriet.

Eva. Das fehlte auch noch! — Käme nur er!

Magdalene. Hast du David gesehn?

Eva. Was soll mir der? (Sie späht aus.)

Magdalene (für sich).
Ich war zu streng; er wird sich grämen.

Eva. Siehst du noch nichts?

Magdalene (tut als spähe sie).
's ist, als ob Leut' dort kämen.

Eva. Wär' er's?

Magdalene. Mach' und komm jetzt hinan!

Eva. Nicht eh'r, bis ich sah den teuersten Mann!

Magdalene. Ich täuschte mich dort: er war es nicht. —
Jetzt komm, sonst merkt der Vater die G'schicht'!

Eva. Ach! meine Angst!

Magdalene. Auch laß uns beraten,
wie wir des Beckmessers uns entladen.

Eva. Zum Fenster gehst du für mich. (Sie lauscht.)

Magdalene. Wie, ich? — (Für sich.)
Das machte wohl David eiferlich?
Er schläft nach der Gassen! Hihi! 's wär' fein! —

Eva. Dort hör' ich Schritte.

Magdalene (zu Eva). Jetzt komm, es muß sein!

Eva. Jetzt näher!

Magdalene. Du irrst! 's ist nichts, ich wett'.
Ei, komm! Du mußt, bis der Vater zu Bett.

Pogners Stimme (von innen). He! Lene! Eva!

Magdalene. 's ist höchste Zeit!
Hörst du's? Komm! dein [der] Ritter ist weit.
(Sie zieht die sich sträubende Eva am Arm die Stufen zur Tür hinauf.)

Fünfter Auftritt

Walther ist die Gasse heraufgekommen; jetzt biegt er um die Ecke
herum: **Eva** erblickt ihn, reißt sich von **Magdalene** [mit einem leisen
Schrei] los und stürzt Walther auf die Straße entgegen.

Eva. Da ist er!

Magdalene. Da haben wir's! Nun heißt's: gescheit!
(Sie geht eilig in das Haus.)

Eva (außer sich). Ja, Ihr seid es!
Nein, du bist es!
Alles sag' ich,
denn Ihr wißt es;
alles klag' ich,
denn ich weiß es;
Ihr seid beides,
Held des Preises
und mein einz'ger Freund!

Walther (leidenschaftlich).
Ach, du irrst! Bin nur dein Freund,
doch des Preises
noch nicht würdig,
nicht den Meistern
ebenbürtig:
mein Begeistern
fand Verachten,
und ich weiß es,
darf nicht trachten
nach der Freundin Hand!

Eva. Wie du irrst! Der Freundin Hand,
erteilt nur sie den Preis,
wie deinen Mut ihr Herz erfand,
reicht sie nur dir das Reis.

Walther. Ach nein! du irrst! Der Freundin Hand,
wär' keinem sie erkoren,
wie sie des Vaters Wille band,
mir wär' sie doch verloren.
„Ein Meistersinger muß es [er] sein:
Nur wen ihr krönt, den darf sie frein!"
So sprach er festlich zu den Herrn,
kann nicht zurück, möcht' er auch gern!

Das eben gab mir Mut;
wie ungewohnt mir alles schien,
   ich sang voll [mit] Lieb' und Glut,
daß ich den Meisterschlag verdien'.
   Doch diese Meister! (Wütend.)
   Ha, diese Meister!
   Dieser Reim-Gesetze
   Leimen und Kleister!
   Mir schwillt die Galle,
   das Herz mir stockt,
   denk' ich der Falle,
   darein ich gelockt! —
   Fort in die Freiheit!
   Da[Dort]hin gehör' ich,
da, wo ich Meister im Haus!
   Soll ich dich frein heut,
   dich nun beschwör' ich,
flieh [komm] und folg' mir hinaus!
Nichts steht zu hoffen; keine Wahl ist offen!
Überall Meister, wie böse Geister,
seh' ich sich rotten, mich zu verspotten:
mit den Gewerken, aus den Gewerken,
aus allen Ecken, auf allen Flecken
seh' ich zu Haufen Meister nur laufen,
mit höhnendem Nicken frech auf dich blicken,
in Kreisen und Ringeln dich umzingeln,
näselnd und kreischend zur Braut dich heischend,
als Meisterbuhle auf dem Singstuhle,
zitternd und bebend, hoch dich erhebend: —
und ich ertrüg' es, sollt' es nicht wagen,
grad' aus tüchtig drein zu schlagen?
   (Man hört den starken Ruf eines Nachtwächterhornes.)
   Ha! ...
(Er hat mit emphatischer Gebärde die Hand an das Schwert gelegt
     und starrt wild vor sich hin.)
   Eva (faßt ihn besänftigend bei der Hand).
Geliebter, spare den Zorn!
's war nur des Nachtwächters Horn. —
Unter der Linde birg dich geschwinde:
hier kommt der Wächter vorbei.

Magdalene (ruft leise unter der Tür).

Evchen! 's ist Zeit: mach' dich frei!

Walther. Du fliehst?

Eva (lächelnd). Muß ich denn nicht?

Walther. Entweichst?

Eva (mit zarter Bestimmtheit). Dem Meistergericht.

(Sie verschwindet mit Magdalene im Hause.)

Der Nachtwächter (ist währenddem in der Gasse erschienen, kommt singend nach vorn, biegt um die Ecke von Pogners Haus und geht nach links zu weiter ab).

„Hört, ihr Leut', und laßt euch sagen,
die Glock' hat zehn geschlagen:
bewahrt das Feuer und auch das Licht,
damit niemand kein Schad' geschicht!
Lobet Gott den Herrn!"

[(Als er hiermit abgegangen, hört man ihn abermals blasen.)]

Sachs (welcher hinter der Ladentür dem Gespräche gelauscht, öffnet jetzt, bei eingezogenem Lampenlicht, ein wenig mehr).

Üble Dinge, die ich da merk':
eine Entführung gar im Werk!
Aufgepaßt! das darf nicht sein!

Walther (hinter der Linde).

Käm' sie nicht wieder? O der Pein! —

(Eva kommt in Magdalenens Kleidung aus dem Hause.)

Doch ja! sie kommt dort! — Weh mir, nein!
Die Alte ist's! — (Eva erblickt Walther und eilt auf ihn zu.)
doch aber — ja!

Eva. Das tör'ge Kind: da hast du's! da!

(Sie wirft sich ihm heiter an die Brust.)

Walther (hingerissen).

O Himmel! Ja! nun wohl ich weiß,
daß ich gewann den Meisterpreis.

Eva. Doch nun kein Besinnen! Von hinnen! Von hinnen!
O wären wir weit schon fort!

Walther. Hier durch die Gasse: dort
finden wir vor dem Tor Knecht' und Rosse vor.

(Nachtwächterhorn entfernt.)

(Als sich beide wenden, um in die Gasse einzubiegen, läßt Sachs,
nachdem er die Lampe hinter eine Glaskugel gestellt, durch die ganz

wieder geöffnete Ladentür einen grellen Lichtschein quer über die
Straße fallen, so daß Eva und Walther sich plötzlich hell beleuchtet
sehen.)

Eva (Walther hastig zurückziehend).
O weh, der Schuster! Wenn er uns säh'!
Birg dich! komm ihm nicht in die Näh'!

Walther. Welch andrer Weg führt uns hinaus?

Eva [(nach rechts deutend)].
Dort durch die Straße: doch der ist kraus,
ich kenn' ihn nicht gut; auch stießen wir dort
auf den Wächter.

Walther. Nun denn: durch die Gasse!

Eva. Der Schuster muß erst vom Fenster fort.

Walther. Ich zwing' ihn, daß er's verlasse.

Eva. Zeig' dich ihm nicht: er kennt dich!

Walther. Der Schuster?

Eva. 's ist Sachs!

Walther. Hans Sachs? Mein Freund?

Eva. Glaub's nicht!
Von dir Übles zu sagen nur wußt' er.

Walther. Wie, Sachs? Auch er? — Ich lösch' ihm das
Licht.

Sechster Auftritt

Beckmesser ist, dem Nachtwächter [in einiger Entfernung] nachschlei-
chend, die Gasse heraufgekommen, hat nach den Fenstern von Pogners Hause gespäht und, an Sachs' Haus gelehnt [zwischen den
beiden Fenstern sich einen Steinsitz ausgesucht, auf welchem er sich,
immer nur nach dem gegenüberliegenden Fenster aufmerksam lugend,
niedergelassen hat]; jetzt stimmt er seine mitgebrachte Laute.

Eva [(Walther zurückhaltend)]. Tu's nicht! — Doch horch!

Walther. Einer Laute Klang.

Eva. Ach, meine Not!

Walther. Wie, wird dir bang?
Der Schuster, sieh, zog ein das Licht: —
so sei's gewagt!

Eva. Weh! Hörst du denn nicht?
Ein andrer kam und nahm dort Stand.

Walther. Ich hör's und seh's: — ein Musikant.
Was will der hier so spät des Nachts?

Eva (in Verzweiflung). 's ist Beckmesser schon!

Sachs (als er den ersten Ton der Laute vernommen, hat, von einem plötzlichen Einfall erfaßt, das Licht wieder etwas eingezogen, leise auch den unteren Teil des Ladens geöffnet und unvermerkt seinen Werktisch ganz unter die Tür gestellt. Jetzt erlauscht er Evas Ausruf). Aha! ich dacht's!

Walther. Der Merker? Er? in meiner Gewalt?
Drauf zu! den Lungrer mach' ich kalt!

Eva. Um Gott! So hör'! Willst den Vater wecken?
Er singt ein Lied, dann zieht er ab.
Laß dort uns im Gebüsch verstecken. —
Was mit den Männern ich Müh' doch hab'!

(Sie zieht Walther hinter das Gebüsch auf die Bank unter der Linde.)
(Beckmesser, eifrig nach dem Fenster lugend, klimpert voll Ungeduld heftig auf der Laute. Als er sich endlich auch zu singen rüstet, schlägt Sachs, der soeben das Licht wieder hell auf die Straße fallen ließ, sehr stark mit dem Hammer auf den Leisten [und singt sehr kräftig dazu].)

Sachs. Jerum! Jerum!
    Halla hallo he!
O ho! Trallalei! o he!

Beckmesser (springt ärgerlich von dem Steinsitz auf und gewahrt Sachs bei der Arbeit).
Was soll das sein? — Verdammtes Schrein!

Sachs. Als Eva aus dem Paradies
    von Gott dem Herrn verstoßen,
gar schuf ihr Schmerz der harte Kies
    an ihrem Fuß, dem bloßen.

Beckmesser. Was fällt dem groben Schuster ein?

Sachs. Das jammerte den Herrn,
    ihr Füßchen hatt' er gern,
und seinem Engel rief er zu:
„da, mach' der armen Sündrin Schuh'!
Und da der Adam, wie ich seh',
an Steinen dort sich stößt die Zeh',
    daß recht fortan er wandeln kann,
    so miß dem auch Stiefel an!"

Walther (flüsternd zu Eva).
Was [wie] heißt das Lied? Wie nennt er dich?

Eva (zu Walther).
Ich hört' es schon: 's geht nicht auf mich.
Doch eine Bosheit steckt darin.

Walther. Welch Zögernis! Die Zeit geht hin!

Beckmesser (tritt zu Sachs heran).
Wie, Meister? Auf? So spät zur Nacht?

Sachs. Herr Stadtschreiber! Was, Ihr wacht? —
Die Schuh' machen Euch große Sorgen?
Ihr seht, ich bin dran: Ihr habt sie morgen. (Er arbeitet.)

Beckmesser (zornig). Hol' der Teufel die Schuh'!
Hier will ich Ruh'!

Sachs [(weiterarbeitend)]. Jerum! Jerum!
Halla hallo he!
O ho! Trallalei! O he!
O Eva! Eva! Schlimmes Weib.
Das hast du am Gewissen,
daß ob der Füß' am Menschenleib
jetzt Engel schustern müssen.
Bliebst du im Paradies,
da gab es keinen Kies.
Ob deiner jungen Missetat
hantier' ich jetzt mit Ahl' und Draht,
und ob Herrn Adams übler Schwäch'
versohl' ich Schuh und streiche Pech.
Wär' ich nicht fein ein Engel rein,
Teufel möchte Schuster sein!
Je — (er unterbricht sich).

Walther (zu Eva). Uns oder dem Merker?
Wem spielt er den Streich!

Eva (zu Walther). Ich fürcht', uns dreien
gilt er gleich.
O weh der Pein.
Mir ahnt nichts Gutes!

Walther. Mein süßer Engel,
sei guten Mutes!

Eva. Mich betrübt das Lied!

Walther. Ich hör' es kaum!
Du bist bei mir:
Welch holder Traum!
(Er zieht sie zärtlich an sich.)

Beckmesser (drohend auf Sachs zufahrend).
Gleich höret auf!
Spielt Ihr mir Streich'?
Bleibt Ihr tags
und nachts Euch gleich?

Sachs. Wenn ich hier sing',
was kümmert's Euch?
Die Schuhe sollen
doch fertig werden?

Beckmesser. So schließt Euch ein
und schweigt dazu still!

Sachs. Des Nachts arbeiten
macht Beschwerden;
wenn ich da munter
bleiben will,
so [da] brauch' ich Luft
und frischen Gesang;
drum hört, wie der dritte
Vers gelang!

(Er wichst den Draht ersichtlich.)

Beckmesser [(während Sachs bereits weitersingt)].
Er macht mich rasend! — Das grobe Geschrei!
Am End' denkt sie gar, daß ich das sei!

(Er hält sich die Ohren zu und geht verzweiflungsvoll, sich mit
sich beratend, die Gasse vor dem Fenster auf und ab.)

Sachs (fortarbeitend). Jerum! Jerum!
Halla hallo he!
O ho! Trallalei! O he!
O Eva! Hör' mein' Klageruf,
mein' Not und schwer Verdrüssen!
Die Kunstwerk', die ein Schuster schuf,
sie tritt die Welt mit Füßen!
Gäb' nicht ein Engel Trost,
der gleiches Werk erlost,
und rief' mich oft ins Paradies,
wie ich da Schuh' und Stiefel ließ!
Doch wenn mich der im Himmel hält,
dann liegt zu Füßen mir die Welt,
und bin in Ruh'
Hans Sachs ein Schuh=
macher und Poet dazu.

Beckmesser. Das Fenster geht auf!

(Er späht nach dem Fenster, welches leise geöffnet wird, und an
welchem vorsichtig Magdalene in Evas Kleidung sich zeigt.)

Herrgott, 's ist sie!

Eva (mit großer Aufgeregtheit [zu Walther]).
Mich schmerzt das Lied, ich weiß nicht wie!
O fort, laß uns fliehen!
Walther [(das Schwert halb ziehend)].

Nun denn: mit dem Schwert!
Eva. Nicht doch! Ach halt!
Walther (die Hand vom Schwert nehmend).

Kaum wär' er's wert!
Eva. Ja, besser Geduld!
Beckmesser [(der, während Sachs fortfährt zu arbeiten und
zu singen, in großer Aufregung mit sich beraten hat)].
Jetzt bin ich verloren, singt der noch fort! —
Eva. O bester [lieber] Mann!
Daß ich so Not dir machen kann!
Beckmesser (tritt zu Sachs an den Laden heran und klim-
pert, während des Folgenden mit dem Rücken der Gasse zugewendet,
seitwärts auf der Laute, um Magdalene festzuhalten).
Freund Sachs! So hört doch nur ein Wort!
Walther (leise zu Eva). Wer ist am Fenster?
Eva. 's ist Magdalene.
Walther. Das heiß' ich vergelten! fast muß ich lachen.
Eva. Wie ich ein End' und Flucht mir ersehne!
Walther. Ich wünscht', er möchte den Anfang machen.
(Walther und Eva, auf der Bank sanft aneinandergelehnt, ver-
folgen des weiteren den Vorgang zwischen Sachs und Beckmesser
mit wachsender Teilnahme.)
Beckmesser. Wie seid Ihr auf die Schuh' versessen!
Ich hatt' sie wahrlich schon vergessen.
Als Schuster seid Ihr mir wohl wert,
als Kunstfreund doch weit mehr verehrt.
Eu'r Urteil, glaubt, das halt' ich [wert] hoch;
drum bitt' ich: hört das Liedlein doch,
mit dem ich morgen möcht' gewinnen,
ob das auch recht nach Euren Sinnen.
(Er klimpert wiederholt seitwärts.)
Sachs [(nach dem Fenster gewandt)].
Oha! Wollt mich beim Wahne fassen?
Mag mich nicht wieder schelten lassen.
Seit sich der Schuster dünkt Poet,
gar übel es um Eu'r Schuhwerk steht;
ich seh', wie's schlappt und überall klappt:

drum laſſ' ich Vers und Reim'
gar billig nun daheim,
Verſtand und Witz und Kenntnis [auch] dazu,
mach' Euch für morgen die neuen Schuh'.

Beckmeſſer (kreiſchend).
Laßt das doch ſein! das war ja nur Scherz.
Vernehmt beſſer, wie's mir um's Herz!
(Wiederum in der vorigen Weiſe klimpernd.)

Vom Volk ſeid Ihr geehrt,
auch der Pognerin ſeid Ihr wert:
will ich vor aller Welt
nun morgen um die werben,
ſagt, könnt's mich nicht verderben,
wenn mein Lied [ihr] Euch nicht gefällt?
Drum hört mich ruhig an;
und ſang ich, ſagt mir dann,
was Euch gefällt, was nicht,
daß ich mich danach richt'. (Er klimpert wieder.)

Sachs. Ei, laßt mich doch in Ruh'!
Wie käme ſolche Ehr mir zu?
Nur Gaſſenhauer dicht' ich zum meiſten:
drum ſing' ich zur Gaſſen und hau' auf den Leiſten.
[(Fortarbeitend.)]

Jerum! Jerum!
Halla hallo he!
O ho! Trallalei! O he!
Beckmeſſer. Verfluchter Kerl! — Den Verſtand ver=
lier' ich,
mit ſeinem Lied voll [von] Pech und Schmierich! —
Schweigt doch! Weckt Ihr die Nachbarn auf?
Sachs. Die ſind's gewohnt: 's hört keiner drauf. —
„O Eva! Eva!" —
Beckmeſſer (in höchſte Wut ausbrechend).
O Ihr boshafter Geſelle!
Ihr ſpielt mir heut den letzten Streich!
Schweigt Ihr jetzt nicht auf der Stelle,
ſo denkt Ihr dran, das ſchwör' ich Euch,
(Er klimpert wütend.)

Neidiſch ſeid Ihr, nichts weiter,
dünkt Ihr Euch auch gleich geſcheiter:

daß andre auch was sind, ärgert Euch schändlich!
Glaubt, ich kenne Euch aus= und innwendlich!
Daß man Euch nicht zum Merker gewählt,
das ist's, was den gallichten Schuster quält.
Nun gut! Solang als Beckmesser lebt
und ihm noch ein Reim an den Lippen klebt,
solang ich noch bei den Meistern was gelt',
   ob Nürnberg „blüh' oder wachs'",
   das schwör' ich Herrn Hans Sachs:
nie wird er je zum Merker bestellt!
      (Er klimpert in höchster Wut.)

Sachs (der ihm ruhig und aufmerksam zugehört hat).
War das Eu'r Lied?

Beckmesser. Der Teufel hol's!

Sachs. Zwar wenig Regel: doch klang's recht stolz!

Beckmesser. Wollt Ihr mich hören?

Sachs. In Gottes Namen
singt zu: ich schlag' auf die Sohl' die Rahmen.

Beckmesser. Doch schweigt Ihr still?

Sachs. Ei, singet Ihr,
die Arbeit, schaut, fördert's auch mir.
      [(Er schlägt fort auf den Leisten.)]

Beckmesser. Das verfluchte Klopfen wollt Ihr doch
                lassen?

Sachs. Wie sollt' ich die Sohl' Euch richtig fassen?

Beckmesser. Was? Ihr wollt klopfen, und ich soll
                singen?

Sachs. Euch muß das Lied, mir der Schuh gelingen.
      [(Er klopft immerfort.)]

Beckmesser. Ich mag keine Schuh'!

Sachs. Das sagt Ihr jetzt;
in der Singschul' Ihr mir's dann wieder versetzt. —
Doch hört! Vielleicht sich's richten läßt:
zwei=einig geht der Mensch am [zu] best.
Darf ich die Arbeit nicht entfernen,
die Kunst des Merkers möcht' ich [doch] erlernen:
darin kommt Euch nun keiner gleich;
ich lern' sie nie, wenn nicht von Euch.
Drum singt Ihr nun, ich acht' und merk'
und förbr' auch wohl dabei mein Werk.

Beckmesser. Merkt immer zu; und was nicht gewann,
nehmt Eure Kreide und streicht mir's an.

Sachs. Nein, Herr! da flecken die Schuh' mir nicht,
mit dem Hammer auf den Leisten halt' ich Gericht.

Beckmesser. Verdammte Bosheit! — Gott, und 's wird
spät:
am End' mir die Jungfer vom Fenster geht!
(Er klimpert eifrig [wie um anzufangen].)

Sachs [(aufschlagend)].
Fanget an! 's pressiert! Sonst sing' ich für mich!

Beckmesser. Haltet ein! nur das nicht! — Teufel! wie
ärgerlich! —
Wollt Ihr Euch denn als Merker erdreisten,
nun gut, so merkt mit dem Hammer auf den Leisten: —
nur mit dem Beding, nach den Regeln scharf;
aber nichts, was nach den Regeln ich darf.

Sachs. Nach den Regeln, wie sie der Schuster kennt,
dem die Arbeit unter den Händen brennt.

Beckmesser. Auf Meisterehr'!

Sachs. Und Schustermut!

Beckmesser. Nicht einen Fehler: glatt und gut!
(Nachtwächterhorn sehr entfernt.)

Sachs. Dann gingt Ihr morgen unbeschuht. —
(Auf den Steinsitz vor der Ladentür deutend.)
Setzt Euch denn hier!

Beckmesser (zieht sich nach der Ecke des Hauses zurück).
Laßt hier mich stehen!

Sachs. Warum so weit [fern]?

Beckmesser. Euch nicht zu sehen,
wie's Brauch [in] der Schul' vor dem Gemerk'.

Sachs. Da hör' ich Euch schlecht.

Beckmesser. Der Stimme Stärk'
ich so gar lieblich dämpfen kann.
(Er stellt sich ganz um die Ecke, dem Fenster gegenüber, auf.)

Walther (leise zu Eva).
Welch toller Spuk! Mich dünkt's ein Traum:
den Singstuhl, scheint's, verließ ich kaum!

Eva (sanft an Walthers Brust gelehnt).
Die Schläf' umweht mir's wie ein Wahn:
ob['s] Heil, ob Unheil, was ich ahn'?
[(Sie sinkt wie betäubt an Walthers Brust; so verbleiben sie.)]

Sachs. Wie fein! — Nun gut denn! — Fanget an!
([Kurzes Vorspiel Beckmessers auf der Laute, wozu Magdalene sich breit in das Fenster legt.] Beckmesser stimmt die in der Wut unversehens heraufgeschraubte D-Saite wieder herunter.)

Beckmesser (zur Laute).
„Den Tag seh' ich erscheinen,
(Sachs holt mit dem Hammer aus.)
der mir wohl gefall'n tut ..."
(Sachs schlägt auf. Beckmesser schüttelt sich [fährt aber fort].)
„Da faßt mein Herz sich einen
(Sachs schlägt auf. Beckmesser setzt heftig ab, singt aber weiter.)
guten und frischen —"
(Sachs hat aufgeschlagen. Beckmesser wendet sich wütend um die Ecke herum.)
Treibt Ihr hier Scherz?
Was wär' nicht gelungen?

Sachs. Besser gesungen:
„da faßt mein Herz
sich einen guten und frischen —"

Beckmesser. Wie sollt' sich das reimen
auf „seh' ich erscheinen"?

Sachs. Ist Euch an der Weise nichts gelegen?
Mich dünkt, sollt' passen Ton und Wort.

Beckmesser. Mit Euch [hier] zu streiten? -- Laßt von
den Schlägen,
sonst denkt Ihr mir dran!

Sachs. Jetzt fahret fort!

Beckmesser. Bin ganz verwirrt!

Sachs. So fangt noch mal an:
drei Schläg' ich jetzt pausieren kann.

Beckmesser (für sich).
Am besten, wenn ich ihn gar nicht beacht': —
wenn's nur die Jungfer nicht irre macht!
[(Er räuspert sich und beginnt wieder.)]

„Den Tag seh' ich erscheinen,
der mir wohl gefall'n tut;
da faßt mein Herz sich einen
guten und frischen Mut.
Da denk' ich nicht an Sterben, (Sachs schlägt)
lieber an Werben
um jung Mägdeleins Hand. (Sachs schlägt.)

Warum wohl aller Tage
schönster mag dieser sein? (Zwei Schläge. Ärgerlich.)
Allen hier ich es sage:
weil ein schönes Fräulein (zwei Schläge)
von ihrem lieb'n Herrn Vater,
   [(Sachs schlägt und nicht ironisch beifällig.)]
wie gelobt hat er, (viele kleine Schläge)
ist bestimmt zum Eh'stand. (Fünf Schläge. Sehr ärger-
Wer sich getrau', (Schlag)   [lich.)
der komm' und schau' (Schlag)
da stehn die hold lieblich Jungfrau, (Schlag)
auf die ich all mein' Hoffnung bau': (Schlag)
darum ist der Tag so schön blau, (viele Schläge)
als ich anfänglich fand."

[Von der sechsten Zeile an hat Sachs wieder aufgeschlagen, wiederholt und meist mehrere Male schnell hintereinander; Beckmesser,
der jedesmal schmerzlich zusammenzuckte, war genötigt, bei Be-
kämpfung der inneren Wut, oft den Ton, den er immer zärtlich zu
halten sich bemüht, kurz und heftig auszustoßen, was das Komische
seines gänzlich prosodielosen Vortrages sehr vermehrte. Jetzt bricht
er wütend um die Ecke auf Sachs los.]

Beckmesser (springt wütend auf).
Sachs! — Seht! — Ihr bringt mich um!
Wollt Ihr jetzt schweigen?
Sachs. Ich bin ja stumm!
Die Zeichen merkt' ich: wir sprechen dann;
derweil lassen sich die Sohlen an.
Beckmesser (gewahrt, daß Magdalene sich vom Fenster ent-
fernen will [schnell wieder klimpernd]).
Sie entweicht? Pst, Pst! — Herrgott! ich muß!
   (Um die Ecke herum die Faust gegen Sachs ballend.)
Sachs! Euch gedenk' ich die Ärgernuß!
   (Er macht sich zum zweiten Vers fertig.)
Sachs (mit dem Hammer nach dem Leisten ausholend).
Merker am Ort! — Fahret fort!
Beckmesser (immer stärker und atemloser).
„Will heut mir das Herz hüpfen,
   (Schläge wie vorher.)
werben um Fräulein jung,
doch tät der Vater knüpfen
daran ein' Bedingung

für den, wer ihn beerben
will und auch werben
um sein Kindelein sein.
Der Zunft ein biedrer Meister
wohl sein' Tochter liebt,
doch zugleich auch beweist er,
was er auf die Kunst gibt:
zum Preise muß es bringen
im Meistersingen,
wer sein Eidam will sein.
            (Er stampft wütend mit den Füßen.)
Nun gilt es Kunst,
daß mit Vergunst,
ohn' all schädlich gemeinen Dunst,
ihm glücke des Preises Gewunst,
wer begehrt mit wahrer Inbrunst,
(Sachs, welcher kopfschüttelnd es aufgibt, die einzelnen Fehler an-
zumerken, arbeitet hämmernd fort, um den Keil aus dem Leisten
zu schlagen.)
um die Jungfrau zu frein."
[Beckmesser, nur den Blick auf das Fenster heftend, hat mit wachsender Angst Magdalenes mißbehagliche Gebärden bemerkt; um Sachs'
fortgesetzte Schläge zu übertäuben, hat er immer stärker und atemloser gesungen. — Er ist im Begriffe, sofort weiterzusingen, als
Sachs, der zuletzt die Keile aus den Leisten schlug und die Schuhe
abgezogen hat, sich vom Schemel erhebt und über den Laden sich
herauslehnt.]

Sachs. Seid Ihr nun fertig?
Beckmesser (in höchster Angst). Wie fraget Ihr?
Sachs (hält die fertigen Schuhe triumphierend heraus).
Mit den Schuhen ward ich fertig schier! —
(Während er die Schuhe an den Bändern hoch in der Luft tanzen läßt.)
Das heiß' ich mir echte Merkerschuh': —
mein Merkersprüchlein hört dazu! (Sehr kräftig.)
    Mit lang' und kurzen Hieben
    steht's auf der Sohl' geschrieben:
    da lest es klar und nehmt es wahr
    und merkt's Euch immerdar:
    Gut Lied will Takt, wer den verzwackt,
    dem Schreiber mit der Feder
    haut ihn der Schuster aufs Leder. —

Nun lauft in Ruh', habt gute Schuh';
der Fuß Euch drin nicht knackt;
ihn hält die Sohl' im Takt! [Er lacht laut.]

Beckmesser (der sich ganz in die Gasse zurückgezogen hat
und an die Mauer [zwischen die beiden Fenster von Sachs'
Hause] mit dem Rücken sich anlehnt, singt, um Sachs zu übertäuben,
mit größter Anstrengung, schreiend und atemlos hastig [seinen dritten Vers], während er die Laute wütend nach Sachs zu schwingt.)

„Darf ich Meister mich nennen,
das bewähr' ich heut gern,
weil ich nach dem Preis brennen
muß, dursten und hungern.
Nun ruf' ich die neun Musen,
daß an sie blusen
mein dicht'rischen Verstand.
Wohl kenn' ich alle Regeln,
halte gut Maß und Zahl;
doch Sprung und überkegeln
wohl passiert je einmal,
wann der Kopf, ganz voll Zagen,
zu frein will wagen
um [ein'] jung Mägdeleins Hand.
          (Er verschnauft sich.)

Ein Junggesell, trug ich mein Fell,
          mein Ehr', Amt, Würd' und Brot zur Stell',
daß Euch mein Gesang wohlgefäll'
und mich das Jungfräulein erwähl',
          wenn sie mein Lied gut fand."

David (hat den Fensterladen, dicht hinter Beckmesser, ein
wenig geöffnet und lugt daraus hervor).
Wer, Teufel, hier? (Er wird Magdalene gewahr.)
          Und drüben gar?
Die Lene ist's — ich seh' es klar!
Herrje! der [das] war's, den hat sie bestellt;
der ist's, der ihr besser als ich gefällt! —
Nun warte! du kriegst's! dir streich' ich das Fell!
          (Er entfernt sich nach innen.)

Nachbarn (erst einige, dann immer mehrere, öffnen [wäh-
rend des Gesanges] in der Gasse die Fenster und gucken heraus).
Wer heult denn da? Wer kreischt mit Macht?
Ist das erlaubt so spät zur Nacht? —

Gebt Ruhe hier! 's ist Schlafenszeit! —
Mein [nein], hört nur, wie [dort] der Esel schreit! —
Ihr da! Seid still und schert Euch fort!
Heult, kreischt und schreit an andrem Ort!

David (ist, mit einem Knüppel bewaffnet, zurückgekommen).
Zum Teufel mit dir, verdammter Kerl [Gesell]!

(Magdalene winkt, da sie David wiederkommen sieht, diesem heftig
zurück, was Beckmesser, als ein Zeichen des Mißfallens deutend, zur
äußersten Verzweiflung im Gesangsausdrucke bringt. David steigt
aus dem Fenster und wirft sich auf Beckmesser.)

Magdalene (am Fenster, schreiend).
Ach, Himmel! David! Gott, welche Not!
Zu Hilfe! zu Hilfe! Sie schlagen sich tot!

Beckmesser (wehrt sich, will fliehen; David hält ihn am
Kragen). Verfluchter Bursch [Kerl]! Läßt du mich los?

David. Gewiß! Die Glieder brech' ich dir bloß!

(Sie balgen sich fortwährend; bald verschwinden sie gänzlich, bald
kommen sie wieder in den Vordergrund, immer Beckmesser auf der
Flucht, David ihn einholend, festhaltend und prügelnd.)

Nachbarn (an den Fenstern).
Seht nach! Springt zu! Da würgen sich zwei!

(In die Gasse laut schreiend.)

's gibt Schlägerei! (Sie kommen herab.)

Andere Nachbarn [(auf die Gasse heraustretend)].
Heda! Herbei! 's gibt Schlägerei [Prügelei]!
Ihr da! laßt los! gebt freien Lauf!
Laßt ihr nicht los, wir schlagen drauf!

Ein Nachbar. Ei seht! Auch Ihr hier? Geht's Euch
was an?

Ein Zweiter. Was sucht Ihr hier? Hat man Euch was
getan?

Erster Nachbar. Euch kennt man gut!
Zweiter Nachbar. Euch noch viel besser!
Erster Nachbar. Wieso denn?
Zweiter Nachbar (zuschlagend). Ei, so!
Lehrbuben (kommen einzeln).
Herbei! Herbei! 's gibt Keilerei!
Einige. 's sind die Schuster!
Andere. Nein, 's sind die Schneider!
Die Ersteren. Die Trunkenbolde!
Die Anderen. Die Hungerleider!

Die Nachbarn (auf der Gasse durcheinander).
Euch gönnt' ich's schon lange! —
Wird euch wohl bange?
Das für die Klage! —
Seht euch vor, wenn ich schlage!
Hat euch die Frau gehetzt? —
Schau', wie es Prügel setzt! —
Seid ihr noch nicht gewitzt? —
[Nun] So schlagt doch! — Das sitzt! —
Daß dich, Halunke! —
Wartet, ihr Racker!
Ihr Maßabzwacker! —
Esel! — Dummrian! —
Du Grobian! —
Lümmel du! —
Drauf und zu!

Lehrbuben (kommen von allen Seiten dazu).
Kennt man die Schlosser nicht?
Die haben's sicher angericht'! —
Ich glaub', die Schmiede werden's sein. —
Die Schreiner seh' ich dort beim Schein. —
Hei! Schau' die Schäffler dort beim Tanz. —
Dort seh' die Bader ich im Glanz. —
Krämer finden sich zur Hand
mit Gerstenstang' und Zuckerkand;
mit Pfeffer, Zimt, Muskatennuß,
　　　Sie riechen schön,
doch machen viel Verdruß.
　　　Sie riechen schön
und bleiben gern vom Schuß. —
Seht nur, der Has hat überall die Nas'! —
Meinst du damit etwa mich?
Mein' ich damit etwa dich?
Immer mehr heran!
Lustig! Wacker! Jetzt geht's erst recht an.
Hei! nun geht's! Plautz,
　　　hast du nicht gesehn!
Hast's auf der Schnauz'! —
Ha! nun geht's: Krach! Hagelwetterschlag!
Wo es sitzt, da wächst so bald nichts nach!
Keilt euch wacker, [haut die Racker!]

Haltet selbst Gesellen stand;
wer [da] wich', 's wär' wahrlich eine Schand'!
Wacker drauf und dran! wie ein Mann
stehn wir alle fest zur Keilerei!

(Bereits prügeln sich Nachbarn und Lehrbuben fast allgemein durcheinander.)

Gesellen (mit Knitteln bewaffnet, kommen von allen Seiten dazu). Heda! Gesellen 'ran!
Dort wird mit Streit und Zank getan.
Da gibt's gewiß gleich Schlägerei;
Gesellen, haltet euch dabei!
's sind die Weber! 's sind die Gerber! —
Die Preisverderber!
Dacht' ich mir's doch gleich! —
Spielen immer Streich'! —
Dort den Metzger Klaus
kenn' ich heraus! —
's ist morgen der fünfte!
Zünfte heraus! —
Hei! hie setzt's Prügel!
Schneider mit dem Bügel!
Gürtler! — Spengler! — Zinngießer! —
Leimsieder! — Lichtgießer! —
Tuscherer! Leinweber!
Immer 'ran! Immer drauf!
Schert euch selber fort und macht euch heim!
        Immer drauf und dran!
        Jetzt gilt's, keiner weiche hier!
Zünfte! Zünfte! Heraus! —

Die Meister (und älteren Bürger, von verschiedenen Seiten dazukommend). Was gibt's denn da für Zank und Streit?
Das tost ja weit und breit!
Gebt Ruh' und scher' sich jeder gleich nach Hause heim,
sonst schlag' ein Hageldonnerwetter drein!
Stemmt euch hier nicht mehr zu Hauf,
oder sonst wir schlagen drein [drauf]. —

Die Nachbarinnen (an den Fenstern, durcheinander).
Was ist denn da für Zanken und Streit?
Da gibt's gewiß noch Schlägerei!
Wär' nur der Vater nicht dabei!
's wird einem wahrlich angst und bang!

Heda! Ihr dort unten,
so seid doch nur gescheit!
Seid ihr denn alle gleich
zu Streit und Zank bereit?
Seid ihr denn alle blind und toll?
Sind euch vom Wein die Köpfe voll?
Mein! Dort schlägt sich mein Mann!
Der Vater! Ach, sie haun ihn tot!
Hört keines mehr sein Wort! Gott, welche Not!
Seht dort den Christian, er walkt den Peter ab!
Auf! schreit zu Hilfe, Mord und Zeter! —
Gott! wie sie walken!
Die Köpf' und Zöpfe wackeln hin und her!
Wasser her! Wasser her!
Gießt's ihnen auf den Kopf!

(Die Rauferei ist allgemein geworden, Schreien und Toben.)

Magdalene (am Fenster verzweiflungsvoll die Hände ringend). Ach Himmel! David! Gott, welche Not! —
Zu Hilfe! Zu Hilfe! Sie schlagen sich tot!
Hör' doch nur, David!
So laß doch nur den Herrn dort los!
Er hat mir nichts getan. (Hinabspähend.)
Herrgott, er hält ihn noch!
Mein! David, ist er toll? (Mit größter Anstrengung.)
Ach, David, hör'! 's ist Herr Beckmesser!

Pogner (ist im Nachtgewand oben an das Fenster getreten und zieht Magdalenen herein).
Um Gott! Eva! schließ zu!
Ich seh', ob unt' im Hause Ruh'!

(Das Fenster wird geschlossen; bald darauf erscheint Pogner an der Haustür. — Sachs hat eine Zeitlang den wachsenden Tumult beobachtet, sein Licht gelöscht und den Laden so weit geschlossen, daß er ungesehen stets durch eine kleine Öffnung den Platz unter der Linde beobachten konnte. — Walther und Eva haben mit wachsender Sorge dem anschwellenden Auflaufe zugesehen; er schließt sie in seinem Mantel fest an sich und birgt sich hart an der Linde im Gebüsche, so daß beide fast ungesehen bleiben.)

Walther (faßt Eva dicht in den linken Arm und zieht mit der rechten Hand das Schwert).
Jetzt gilt's zu wagen, sich durchzuschlagen!

(Er dringt mit geschwungenem Schwerte bis in die Mitte der Bühne vor, um sich mit Eva durchzuhauen. — Da springt Sachs mit einem

kräftigen Satze aus dem Laden [auf die Straße], bahnt sich mit geschwungenem Knieriemen den Weg bis zu Walther und packt diesen
beim Arm.)

Pogner (auf der Treppe). He! Lene! Wo bist du?

Sachs (die halbohnmächtige Eva die Treppe hinaufstoßend).
Ins Haus, Jungfer Lene!

(Pogner empfängt Eva und zieht sie am Arm in das Haus. — Sachs,
mit dem Knieriemen David eins überhauend und mit einem Fußtritt
ihn voran in den Laden stoßend, zieht Walther, den er mit der andern
Hand fest gefaßt hält, gewaltsam schnell ebenfalls mit sich hinein und
schließt sogleich fest hinter sich zu. Beckmesser, durch Sachs von David
befreit, sucht sich, jämmerlich zerschlagen, eilig durch die Menge zu
flüchten. — Im gleichen Augenblicke, wo Sachs auf die Straße sprang,
hörte man, rechts zur Seite im Vordergrunde, einen besonders starken Hornruf des Nachtwächters. Gleichzeitig haben die Frauen aus
allen Fenstern starke Güsse von Wasser aus Kannen, Krügen und
Becken auf die Streitenden hinabstürzen lassen; dieses, mit den besonders starken Tönen des Hornes zugleich, wirkt auf alle mit einem
panischen Schrecken. Nachbarn, Lehrbuben, Gesellen und Meister
suchen in eiliger Flucht nach allen Seiten hin das Weite, so daß
die Bühne sehr bald gänzlich leer wird. Die Haustüren werden
hastig geschlossen, und auch die Nachbarinnen verschwinden von den
Fenstern, welche sie zuschlagen. — Als die Straße und Gasse leer
geworden und alle Häuser geschlossen sind, betritt

Der Nachtwächter (im Vordergrunde rechts die Bühne, reibt
sich die Augen, sieht sich verwundert um, schüttelt den Kopf und
stimmt mit leiser bebender Stimme den Ruf an):

Hört, ihr Leut', und laßt euch sagen:
die Glock' hat eilfe geschlagen.
Bewahrt euch vor Gespenstern und Spuk,
daß kein böser Geist eur' Seel' beruck'!
Lobet Gott den Herrn.

(Hornruf.)

(Der Vollmond tritt hervor und scheint hell in die Gasse hinein. Der
Nachtwächter schreitet langsam dieselbe hinab. Als der Nachtwächter
um die Ecke biegt, fällt der Vorhang schnell, genau mit dem letzten Takt.)

Vorspiel

Dritter Aufzug

In Sachs' Werkstatt.

Kurzer Raum. Im Hintergrund die halb geöffnete Ladentür, nach der Straße führend. Rechts zur Seite eine Kammertür. Links das nach der Gasse gehende Fenster, mit Blumenstöcken davor, zur Seite ein Werktisch. Sachs sitzt auf einem großen Lehnstuhle an diesem Fenster, durch welches die Morgensonne hell auf ihn hereinscheint: er hat vor sich auf dem Schoße einen großen Folianten und ist im Lesen vertieft.

Erster Auftritt

David zeigt sich, von der Straße kommend, unter der Ladentür, er lugt herein, und da er Sachs gewahrt, fährt er zurück. Er versichert sich aber, daß Sachs ihn nicht bemerkt, schlüpft herein, stellt seinen mitgebrachten Korb auf den hinteren Werktisch beim Laden und untersucht seinen Inhalt: er holt Blumen und Bänder und kramt sie auf dem Tische aus, endlich findet er auf dem Grunde eine Wurst und einen Kuchen und läßt sich sogleich an, diese zu verzehren, als Sachs, der ihn fortwährend nicht beachtet, mit starkem Geräusch eines der großen Blätter des Folianten umwendet.

David (fährt zusammen, verbirgt das Essen und wendet sich zurück). Gleich! Meister! Hier! —
Die Schuh' sind abgegeben
in Herrn Beckmessers Quartier. —
Mir war's, als rieft Ihr mich eben? (Beiseite.)
Er tut, als säh' er mich nicht?
Da ist er bös', wenn er nicht spricht! —
    (Er nähert sich sehr demütig langsam Sachs.)
Ach, Meister! wollt [Ihr] mir verzeihn!
Kann ein Lehrbub' vollkommen sein?
Kenntet Ihr die Lene wie ich,
dann vergäbt Ihr mir sicherlich.
Sie ist so gut, so sanft für mich
und blickt mich oft an, so innerlich:
wenn Ihr mich schlagt, streichelt sie mich
und lächelt dabei holdseliglich,
muß ich karieren, füttert sie mich
und ist in allem gar lieblich.

Nur gestern, weil der Junker versungen,
hab' ich den Korb ihr nicht abgerungen:
das schmerzte mich; und da ich fand,
daß nachts einer vor dem Fenster stand
und sang zu ihr und schrie wie toll,
da hieb ich ihm den Buckel voll.
Wie käm' nun da was Großes drauf an?
Auch hat's unsrer Liebe gar wohl [gut] getan:
die Lene hat eben mir alles erklärt
und zum Fest Blumen und Bänder beschert.

(Er bricht in [immer] größere Angst aus.)

Ach Meister! sprecht doch nur ein Wort! (Beiseite.)
Hätt' ich nur die Wurst und den Kuchen erst fort! —

Sachs (hat unbeirrt weitergelesen. Jetzt schlägt er den Foltan-
ten zu. Von dem [starken] Geräusch erschrickt David so, daß er strauchelt und unwillkürlich vor Sachs auf die Knie fällt. Sachs sieht
über das Buch, das er noch auf dem Schoße behält, hinweg, über
David, welcher immer auf den Knien furchtsam nach ihm hinaufblickt,
hin und heftet seinen Blick unwillkürlich auf den hinteren Werktisch).
(Sehr leise.) Blumen und Bänder seh' ich dort: —
      schaut hold und jugendlich aus!
      Wie kamen mir die ins Haus?

David (verwundert über Sachs' Freundlichkeit).
Ei, Meister! 's ist heut [hoch] festlicher Tag;
Da putzt sich jeder, so schön er mag.

Sachs (immer leise, wie für sich).
Wär' heut Hochzeitsfest?

David. Ja, käm's erst so weit,
daß David die Lene freit!

Sachs (immer wie zuvor).
's war Polterabend, dünkt mich doch?

David (für sich).
Polterabend? — Da krieg' ich's wohl noch? — (Laut.)
Verzeiht das, Meister! Ich bitt', vergeßt!
Wir feiern ja heut Johannisfest.

Sachs. Johannisfest?

David (beiseite). Hört er heut schwer?

Sachs. Kannst du dein Sprüchlein? Sag' es her!

David (ist allmählich zu stehen gekommen).
Mein Sprüchlein? Denk', ich kann es gut. (Beiseite.)

6*

's setzt nichts! der Meister ist wohlgemut! —
(Stark und grob.)

„Am Jordan Sankt Johannes stand" —
(Er hat in der Zerstreuung die Worte mit der Melodie von Beckmessers Werbelied aus dem vorhergehenden Aufzuge gesungen; Sachs
macht eine verwundernde Bewegung, worauf David sich unterbricht.)

Sachs. Wa — was?

David (lächelnd).
Verzeiht, [Meister; ich kam ins] das Gewirr:
Mich machte der Polterabend irr'.
(Er sammelt sich und stellt sich gehörig auf [fährt nun in der richtigen
Melodie fort].)

„Am Jordan Sankt Johannes stand,
  all Volk der Welt zu taufen:
kam auch ein Weib aus fernem Land
  von Nürnberg gar gelaufen;
sein Söhnlein trug's zum Uferrand,
  empfing' da Tauf' und Namen;
doch als sie dann sich heimgewandt,
  nach Nürnberg wieder kamen,
in deutschem Land gar bald sich fand's,
daß wer am Ufer des Jordans
  Johannes war genannt,
  an der Pegnitz hieß der Hans." (Sich besinnend.)
Hans? Hans!
Herr Meister! (feurig) 's ist heut Eu'r Namenstag!
Nein! Wie man so was vergessen mag! —
Hier! hier, die Blumen sind für Euch,
die Bänder — und was nur alles noch gleich?
Ja hier! schaut, Meister! Herrlicher Kuchen!
Möchtet Ihr nicht auch die Wurst versuchen?

Sachs (immer ruhig, ohne seine Stellung zu verändern).
Schön Dank, mein Jung'! behalt's für dich!
Doch heut auf die Wiese begleitest du mich:
mit Blumen und Bändern putz' dich fein;
sollst mein stattlicher Herold sein.

David. Sollt' ich nicht lieber Brautführer sein? —
Meister! ach [lieb'] Meister! Ihr müßt wieder frein!

Sachs. Hätt'st wohl gern eine Meist'rin im Haus?

David. Ich mein', es säh' doch viel stattlicher aus.

Sachs. Wer weiß! Kommt Zeit, kommt Rat.

David. 's ist Zeit!

Sachs. Dann wär' der Rat wohl auch nicht weit?

David. Gewiß! Gehn schon Reden hin und wieder,
Den Beckmesser, denk' ich, sängt Ihr doch nieder?
Ich mein', daß der heut sich nicht wichtig macht.

Sachs. Wohl möglich! Hab' mir's auch schon bedacht. —
Jetzt geh und stör' mir den Junker nicht!
Komm wieder, wenn du schön gericht'.

David (küßt Sachs gerührt die Hand).
So war er noch nie, wenn sonst auch gut!
Kann mir gar nicht mehr denken, wie der Knieriemen tut!

(Er packt alles zusammen und geht in die Kammer ab.)

Sachs (immer noch den Folianten auf dem Schoße, lehnt sich, mit untergestütztem Arme, sinnend darauf; es scheint, daß ihn das Gespräch mit David gar nicht aus seinem Nachdenken gestört hat).
Wahn, Wahn! Überall Wahn!
Wohin ich forschend blick',
in Stadt- und Weltchronik
den Grund mir aufzufinden,
warum gar bis aufs Blut
die Leut' sich quälen und schinden
in unnütz toller Wut!
Hat keiner Lohn noch Dank davon:
in Flucht geschlagen, wähnt [meint] er zu jagen.
Hört nicht sein eigen Schmerzgekreisch,
wenn er sich wühlt ins eigne Fleisch,
    wähnt Lust sich zu erzeigen.
    Wer gibt den Namen an?
    's ist [bleibt] halt der alte Wahn,
ohn' den nichts mag geschehen,
's mag gehen oder stehen!
    Steht's wo im Lauf,
er schläft nur neue Kraft sich an;
    gleich wacht er auf,
dann schaut, wer ihn bemeistern kann! —
    Wie friedsam treuer Sitten
    getrost in Tat und Werk,
    liegt nicht in Deutschlands Mitten
    mein liebes Nürenberg!

(Er blickt mit freudiger Begeisterung ruhig vor sich hin.)

Doch eines Abends spat,
ein Unglück zu verhüten
bei jugendheißen Gemüten,
ein Mann weiß sich nicht Rat;
ein Schuster in seinem Laden
zieht an des Wahnes Faden:
wie bald auf Gassen und Straßen
fängt der da an zu rasen;
Mann, Weib, Gesell und Kind
fällt sich da an wie toll und blind;
    und will's der Wahn gesegnen,
    nun muß es Prügel regnen,
    mit Hieben, Stoß' und Dreschen
    den Wutesbrand zu löschen. —
    Gott weiß, wie das geschah? —
    Ein Kobold half wohl da!
Ein Glühwurm fand sein Weibchen nicht;
der hat den Schaden angericht'. —
Der Flieder war's: — Johannisnacht. —
Nun aber kam Johannistag: —
jetzt schaun wir, wie Hans Sachs es macht,
daß er den Wahn fein lenken mag,
    ein edler Werk zu tun;
    denn läßt er uns nicht ruhn,
    selbst hier in Nürenberg,
    so sei's um solche Werk',
die selten vor gemeinen Dingen
und nie ohn' ein'gen Wahn gelingen. —

Zweiter Auftritt

Walther tritt unter der Kammertür ein. Er bleibt einen Augenblick
dort stehen und blickt auf **Sachs**. Dieser wendet sich und läßt den
Folianten auf den Boden gleiten.

Sachs. Grüß Gott, mein Junker! Ruhtet Ihr noch?
Ihr wachtet lang: nun schlieft Ihr doch?

Walther (sehr ruhig). Ein wenig, aber fest und gut.

Sachs. So ist Euch nun wohl baß zumut?

Walther (immer sehr ruhig).
Ich hatt' einen wunderschönen Traum.

Sachs. Das deutet Gut's! Erzählt mir den.

Walther. Ihn selbst zu denken wag' ich kaum;
Ich fürcht' ihn mir vergehn zu sehn.

Sachs. Mein Freund, das grad' ist Dichters Werk,
daß er sein Träumen deut' und merk'.
Glaubt mir, des Menschen wahrster Wahn
wird ihm im Traume aufgetan:
all Dichtkunst und Poeterei
ist nichts als Wahrtraum=Deuterei.
Was gilt's, es gab der Traum Euch ein,
wie heut Ihr sollet Meister [Sieger] sein?

Walther (sehr ruhig).
Nein! von der Zunft und ihren Meistern
wollt' sich mein Traumbild nicht begeistern.

Sachs. Doch lehrt' es wohl den Zauberspruch,
mit dem Ihr sie gewännet?

Walther (etwas lebhafter).
Wie wähnt Ihr doch, nach solchem Bruch,
wenn Ihr noch Hoffnung kennet!

Sachs. Die Hoffnung laß' ich mir nicht mindern,
nichts stieß sie noch übern Haufen:
wär's nicht, glaubt, statt Eure Flucht zu hindern,
wär' ich selbst mit Euch fortgelaufen!
Drum bitt' ich, laßt den Groll jetzt ruhn;
Ihr habt's mit Ehrenmännern zu tun;
die irren sich und sind bequem,
daß man auf ihre Weise sie nähm'.
Wer Preise erkennt und Preise stellt,
der will am End' auch, daß man ihm gefällt.
Eu'r Lied, das hat ihnen bang gemacht;
und das mit Recht: denn wohlbedacht,
mit solchem Dicht'= und Liebesfeuer
verführt man wohl Töchter zum Abenteuer;
doch für liebseligen Ehestand
man andre Wort' und Weisen fand.

Walther (lächelnd).
Die kenn' ich nun auch seit dieser Nacht:
es hat viel Lärm auf der Gasse gemacht.

Sachs (lachend).
Ja, ja! Schon gut! Den Takt dazu
[den] hörtet Ihr auch! — Doch, laßt dem Ruh'

und folgt meinem Rate, kurz und gut,
faßt zu einem Meisterliede Mut.

Walther. Ein schönes Lied, ein Meisterlied:
wie faß' ich da den Unterschied?

Sachs (zart). Mein Freund! in holder Jugendzeit,
  wenn uns von mächt'gen Trieben
  zum sel'gen ersten Lieben
die Brust sich schwellet hoch und weit,
  ein schönes Lied zu singen,
  mocht' vielen da gelingen:
  der Lenz, der sang für sie.
Kam Sommer, Herbst und Winterzeit,
  viel Not und Sorg' im Leben,
  manch ehlich Glück daneben,
Kindtauf', Geschäfte, Zwist und Streit:
  denen's noch will gelingen,
  ein schönes Lied zu singen,
  seht, Meister nennt man die. —

Walther. Ich lieb' ein Weib und will es frein,
mein dauernd Ehgemahl zu sein.

Sachs. Die Meisterregeln lernt beizeiten,
daß sie getreulich Euch geleiten
  und helfen wohl bewahren,
  was in der Jugend Jahren
  in holdem Triebe Lenz und Liebe
Euch unbewußt ins Herz gelegt,
daß Ihr das unverloren hegt.

Walther. Stehn sie nun in so hohem Ruf,
wer war [ist] es, der die Regeln schuf?

Sachs. Das waren hoch-bedürft'ge Meister,
von Lebensmüh' bedrängte Geister;
  in ihrer Nöten Wildnis
  sie schufen sich ein Bildnis,
  daß ihnen bliebe der Jugendliebe
ein Angedenken klar und fest,
dran sich der Lenz erkennen läßt.

Walther. Doch, wem der Lenz schon lang' entronnen,
wie wird er dem im [aus dem] Bild gewonnen?

Sachs. Er frischt es an, so oft er kann:
drum möcht' ich, als bedürft'ger Mann,

will ich Euch die Regeln lehren,
sollt Ihr sie mir neu erklären. —
Seht, hier ist Tinte, Feder, Papier:
ich schreib's Euch auf, diktiert Ihr mir!

Walther. Wie ich's begänne, wüßt' ich kaum.

Sachs. Erzählt mir Euren Morgentraum!

Walther. Durch Eurer Regeln gute Lehr'
ist mir's, als ob verwischt er wär'.

Sachs. Grad' nehmt die Dichtkunst jetzt zur Hand;
mancher durch sie das Verlorne fand.

Walther. So [Dann] wär's nicht Traum, doch Dichterei?

Sachs. 's sind Freunde beid', stehn gern sich bei.

Walther. Wie fang' ich nach der Regel an?

Sachs. Ihr stellt sie selbst und folgt ihr dann.
Gedenkt des schönen Traums am Morgen;
fürs andre laßt Hans Sachs nur sorgen!

Walther (hat sich zu Sachs am Werktisch gesetzt, wo dieser das Gedicht Walthers nachschreibt. Er beginnt sehr leise, wie heimlich).
„Morgenlich leuchtend in rosigem Schein,
von Blüt' und Duft geschwellt die Luft,
voll aller Wonnen nie ersonnen,
ein Garten lud mich ein, Gast ihm zu sein."

[(Er hält etwas an.)]

Sachs. Das war ein Stollen: nun achtet wohl,
daß ganz ein gleicher ihm folgen soll.

Walther. Warum ganz gleich?

Sachs. Damit man seh',
Ihr wählet Euch gleich ein Weib zur Eh'.

Walther [(fährt fort)].
„Wonnig entragend dem seligen Raum
bot goldner Frucht heilsaft'ge Wucht
mit holdem Prangen dem Verlangen
an duft'ger Zweige Saum herrlich ein Baum."

[(Er hält inne.)]

Sachs. Ihr schlosset nicht im gleichen Ton:
das macht den Meistern Pein;
doch nimmt Hans Sachs die Lehr' davon,
im Lenz wohl müß' es so sein. —
Nun stellt mir einen Abgesang.

Walther. Was soll nun der?

Sachs. Ob Euch gelang,
ein rechtes Paar zu finden,
das zeigt sich [jetzt] an den Kinden.
Den Stollen ähnlich, doch nicht gleich,
an eignen Reim' und Tönen reich;
daß man's recht schlank und selbstig find',
das freut die Eltern an dem Kind:
und Euren Stollen gibt's den Schluß,
daß nichts davon abfallen muß.

Walther (fortfahrend). „Sei Euch vertraut,
welch hehres Wunder mir geschehn:
an meiner Seite stand ein Weib,
so hold und schön ich nie gesehn;
gleich einer Braut
umfaßte sie sanft meinen Leib;
mit Augen winkend,
die Hand wies blinkend,
was ich verlangend begehrt,
die Frucht so hold und wert
vom Lebensbaum."

Sachs (gerührt). Das nenn' ich mir einen Abgesang!
Seht, wie der ganze Bar gelang!
Nur mit der Melodei seid Ihr ein wenig frei;
doch sag' ich nicht, daß das [es] ein Fehler sei;
nur ist's nicht leicht zu behalten,
und das ärgert unsre Alten! —
Jetzt richtet mir noch einen zweiten Bar,
damit man merk', welch' der erste war.
Auch weiß ich noch nicht, so gut Ihr's gereimt,
was Ihr gedichtet, was Ihr geträumt.

Walther [(wie vorher)].
„Abendlich glühend in himmlischer Pracht
verschied der Tag, wie dort ich lag;
aus ihren Augen Wonne zu saugen,
Verlangen einz'ger Macht in mir nur wacht'. —
Nächtlich umdämmert der Blick mir sich bricht!
wie weit so nah beschienen da
zwei lichte Sterne aus der Ferne
durch schlanker Zweige Licht hehr mein Gesicht. —
Lieblich ein Quell
auf stiller Höhe dort mir rauscht;

jetzt schwellt er an sein hold Getön',
so stark und süß ich's nie erlauscht:
      leuchtend und hell,
wie strahlten die Sterne da schön;
zu Tanz und Reigen in Laub und Zweigen
     der goldnen sammeln sich mehr,
     statt Frucht ein Sternenheer
     im Lorbeerbaum." —

    Sachs (sehr gerührt, [sanft]).
Freund! Eu'r Traumbild wies Euch wahr:
gelungen ist auch der zweite Bar.
Wolltet Ihr noch einen dritten dichten,
des Traumes Deutung würd' er berichten.

    Walther (steht schnell auf).
Wo [Wie] fänd' ich die? Genug der Wort'!

    Sachs (erhebt sich gleichfalls und tritt mit freundlicher Ent-
schiedenheit zu Walther).
Dann Tat und Wort am rechten Ort! —
Drum bitt' ich, merkt mir wohl [gut] die Weise:
gar lieblich drin sich's dichten läßt:
und singt Ihr sie in weitrem Kreise,
so [dann] haltet mir [nur] auch das Traumbild fest.

    Walther. Was habt Ihr vor?

    Sachs. Eu'r treuer Knecht
fand sich mit Sack und Tasch' zurecht;
die Kleider, drin am Hochzeitfest
daheim [bei Euch] Ihr wolltet prangen,
die ließ er her zu mir gelangen; —
ein Täubchen zeigt' ihm wohl das Nest,
     darin sein Junker träumt'!
drum folgt mir jetzt ins Kämmerlein!
     Mit Kleidern, wohlgesäumt,
sollen beide wir gezieret sein,
wenn's Stattliches zu wagen gilt: —
drum kommt, seid Ihr gleich mir gewillt!

(Walther schlägt in Sachs' Hand ein; so geleitet ihn dieser ruhig
festen Schrittes zur Kammer, deren Tür er ihm ehrerbietig öffnet
und dann ihm folgt.)

Dritter Auftritt
Beckmesser. Sachs.

Beckmesser (welcher draußen vor dem Laden erscheint, in großer Aufregung hereinlugt und, da er die Werkstatt leer findet, hastig eintritt. Er ist reich aufgeputzt, aber in sehr leidendem Zustande. Er blickt sich erst unter der Tür nochmals genau in der Werkstatt um, dann hinkt er vorwärts, zuckt aber zusammen und streicht sich den Rücken. Er macht wieder einige Schritte, knickt aber mit den Knien und streicht nun diese. Er setzt sich auf den Schusterschemel, fährt aber schnell schmerzhaft wieder auf. Er betrachtet sich den Schemel und gerät dabei in immer aufgeregteres Nachsinnen. Er wird von den verdrießlichsten Erinnerungen und Vorstellungen gepeinigt; immer unruhiger beginnt er sich den Schweiß von der Stirne zu wischen. Er hinkt immer lebhafter umher und starrt dabei vor sich hin. Als ob er von allen Seiten verfolgt wäre, taumelt er fliehend hin und her. Wie um nicht umzusinken, hält er sich an dem Werktisch, zu dem er hingeschwankt war, an und starrt vor sich hin. Matt und verzweiflungsvoll sieht er um sich: sein Blick fällt endlich durch das Fenster auf Pogners Haus: er hinkt mühsam an dasselbe heran, und, nach dem gegenüberliegenden Fenster ausspähend, versucht er, sich in die Brust zu werfen, als ihm sogleich Ritter Walther einfällt. Ärgerliche Gedanken entstehen dadurch, gegen die er mit schmeichelndem Selbstgefühle anzukämpfen sucht. Die Eifersucht übermannt ihn; er schlägt sich vor den Kopf. Er glaubt die Verhöhnung der Weiber und Buben auf der Gasse zu vernehmen, wendet sich wütend ab und schmeißt das Fenster zu. Sehr verstört wendet er sich mechanisch wieder dem Werktische zu, indem er vor sich hinbrütend nach einer neuen Weise zu suchen scheint. Sein Blick fällt auf das von Sachs zuvor beschriebene Papier; er nimmt es neugierig auf, überfliegt es mit wachsender Aufregung und bricht endlich wütend aus).

Ein Werbelied! Von Sachs? — ist's wahr?
Ha! Jetzt [Nun] wird mir alles klar!
(Da er die Kammertür gehen hört, fährt er zusammen und steckt das
Blatt eilig in die Tasche.)

Sachs (im Festgewande, tritt ein, kommt vor und hält an, als er Beckmesser gewahrt).
Sieh da! Herr Schreiber? Auch am Morgen?
Euch machen die Schuh' doch nicht mehr Sorgen?

Beckmesser. Zum [Den] Teufel! So dünn war ich noch
nie beschuht!
fühl' durch die Sohl' den feinsten [kleinsten] Kies!

Sachs. Mein Merkersprüchlein wirkte dies:
trieb sie mit Merkerzeichen so weich.

Beckmesser. Schon gut der Witz'! Und genug der Streich'!
Glaubt mir, Freund Sachs, jetzt kenn' ich Euch!
    der Spaß von dieser Nacht,
    der wird Euch noch gedacht:
daß ich Euch nur nicht im Wege sei,
schuft Ihr gar Aufruhr und Meuterei!

Sachs. 's war Polterabend, laßt Euch bedeuten:
Eure Hochzeit spukte unter den Leuten;
    je toller es da hergeh',
    je besser bekommt's der Eh'.

Beckmesser (wütend). O Schuster, voll von Ränken
    und pöbelhaften Schwänken,
    du warst mein Feind von je:
    nun hör', ob hell ich seh'!
    Die ich mir auserkoren,
    die ganz für mich geboren,
    zu aller Witwer Schmach,
    der Jungfer stellst du nach.
    Daß sich Herr Sachs erwerbe
    des Goldschmieds reiches Erbe,
    im Meisterrat zur Hand
    auf Klauseln er bestand,
    ein Mägdlein zu betören,
    das nur auf ihn sollt' hören
    und, andern abgewandt,
    zu ihm allein sich fand.
    Darum! darum —
    wär' ich so dumm? —
    mit Schreien und mit Klopfen
    wollt' er mein Lied zustopfen,
    daß nicht dem Kind werd' kund,
    wie auch ein andrer bestund!
    Ja ja! — Haha!
    Hab' ich dich da?
    Aus seiner Schusterstuben
    hetzt' endlich er den Buben
    mit Knüppeln auf mich her,
    daß meiner los er wär'!
Au au! Au au! Wohl grün und blau,
zum Spott der allerliebsten Frau,

zerschlagen und zerprügelt,
   daß kein Schneider mich aufbügelt!
Gar auf mein Leben war's angegeben!
   Doch kam ich noch so davon,
   daß ich die Tat Euch lohn'!
   zieht heut nur aus zum Singen,
   merkt auf, wie's mag gelingen;
bin ich gezwackt auch und zerhackt,
Euch bring' ich doch sicher aus dem Takt!

Sachs. Gut Freund, Ihr seid in argem Wahn!
Glaubt, was Ihr wollt, das ich getan,
gebt Eure Eifersucht nur hin;
zu werben kommt mir nicht in Sinn.

Beckmesser. Lug und Trug! Ich weiß [kenn'] es besser.

Sachs. Was fällt Euch nur ein, Meister Beckmesser?
Was ich sonst im Sinn, geht Euch nichts an:
doch glaubt, ob der Werbung seid Ihr im Wahn.

Beckmesser. Ihr säng't heut nicht?

Sachs. Nicht zur Wette.

Beckmesser. Kein Werbelied?

Sachs. Gewißlich, nein!

Beckmesser. Wenn ich aber drob ein Zeugnis hätte?
       (Er greift in die Tasche.)

Sachs (blickt auf den Werktisch).
Das Gedicht? Hier ließ ich's: — stecktet Ihr's ein?

Beckmesser (das Blatt hervorziehend). Ist das Eure Hand?

Sachs. Ja — war es das?

Beckmesser. Ganz frisch noch die Schrift?

Sachs. Und die Tinte noch naß!

Beckmesser. 's wär' wohl gar ein biblisches Lied?

Sachs. Der fehlte wohl, wer darauf riet.

Beckmesser. Nun denn?

Sachs. Wie doch?

Beckmesser. Ihr fragt?

Sachs. Was noch?

Beckmesser. Daß Ihr mit aller Biederkeit
der ärgste aller Spitzbuben seid!

Sachs. Mag sein! Doch hab' ich noch nie entwandt,
was ich auf fremden Tischen fand —
und daß man von Euch auch nichts Übles denkt,
behaltet das Blatt, es sei Euch geschenkt.

Beckmesser (in freudigem Schreck aufspringend).
Herrgott! ... Ein Gedicht! ... Ein Gedicht von Sachs? ...
Doch halt, daß kein neuer Schad' mir erwachs'! —
Ihr habt's wohl schon recht gut memoriert?

Sachs. Seid meinethalb doch nur unbeirrt!

Beckmesser. Ihr laßt mir das Blatt?

Sachs. Damit Ihr kein Dieb.

Beckmesser. Und mach' ich Gebrauch?

Sachs. Wie's Euch belieb'.

Beckmesser. Doch, sing' ich das Lied?

Sachs. Wenn's nicht zu schwer!

Beckmesser. Und wenn ich gefiel'?

Sachs. Das wunderte mich sehr!

Beckmesser (ganz zutraulich).
Da seid Ihr nun wieder zu bescheiden:
ein Lied von Sachs, (gleichsam pfeifend) das will was bedeuten!
> Und seht nur, wie mir's ergeht,
> wie's mit mir Ärmsten steht!
> Erseh' ich doch mit Schmerzen,
> das [mein] Lied, das nachts ich sang —
> dank Euren lust'gen Scherzen! —
> es machte der Pognerin bang.
> Wie schaff' ich mir nun zur Stelle
> ein neues Lied herzu?
> Ich armer, zerschlagner Geselle,
> wie fänd' ich heut dazu Ruh'?
> Werbung und ehlich Leben,
> ob das mir Gott beschied,
> muß ich nur grad' aufgeben,
> hab' ich kein neues Lied.
Ein Lied von Euch, des bin ich gewiß,
mit dem besieg' ich jed' Hinderniß!
> Soll ich das heute haben,
> vergessen und begraben
> sei Zwist, Hader und Streit
> und was uns je entzweit.

(Er blickt seitwärts in das Blatt: plötzlich runzelt sich seine Stirn.)

Und doch! Wenn's nur eine Falle wär'! —
    Noch gestern wart Ihr mein Feind:
wie käm's, daß nach so großer Beschwer'
Ihr's freundlich heut mit mir meint'?

Sachs. Ich macht' Euch Schuh' in später Nacht:
hat man so je einen Feind bedacht?

Beckmesser. Ja ja! recht gut! — doch eines schwört:
wo und wie Ihr das Lied auch hört,
daß nie Ihr Euch beikommen laßt,
zu sagen, das Lied sei von Euch verfaßt.

Sachs. Das schwör' ich und gelob' Euch hier,
nie mich zu rühmen, das Lied sei von mir.

Beckmesser (sehr glücklich, sich vergnügt die Hände reibend).
Was will ich mehr, ich bin geborgen!
Jetzt braucht [hat] sich Beckmesser nicht mehr zu sorgen!

Sachs. Doch, Freund, ich führ's Euch zu Gemüte
und rat' es Euch in aller Güte:
    studiert mir recht das Lied!
    Sein Vortrag ist nicht leicht:
    ob Euch die Weise geriet'
    und Ihr den Ton erreicht!

Beckmesser. Freund Sachs, Ihr seid ein guter Poet;
doch was Ton und Weise betrifft, gesteht,
    da tut's mir keiner vor!
    Drum spitzt nur fein das Ohr,
    und: „Beckmesser, keiner besser!"
Darauf macht Euch gefaßt,
wenn Ihr ruhig mich singen laßt. —
    Doch nun memorieren,
    schnell nach Haus!
    Ohne Zeit verlieren
    richt' ich das aus. —
    Hans Sachs, mein Teurer!
    ich hab' Euch verkannt;
    durch den Abenteurer
    war ich verrannt: (sehr zutraulich)
so einer fehlte uns bloß!
Den wurden wir Meister doch los! —
    Doch mein Besinnen
    läuft mir von hinnen:

bin ich verwirrt
und ganz verirrt?
Die Silben, die Reime,
die Worte, die Verse:
ich kleb' wie am Leime,
und brennt doch die Ferse.
Ade! ich muß fort!
An andrem Ort
dank' ich Euch inniglich,
weil Ihr so minniglich;
für Euch nur stimme ich,
kauf' Eure Werke gleich,
mache zum Merker Euch:
doch fein mit Kreide weich,
nicht mit dem Hammerstreich!
Merker! Merker! Merker Hans Sachs!
daß Nürnberg schusterlich blüh' und wachs'!

(Beckmesser nimmt tanzend von Sachs Abschied, taumelt und poltert
der Ladentür zu; plötzlich glaubt er das Gedicht in seiner Tasche vergessen zu haben, läuft wieder vor, sucht ängstlich auf dem Werktische,
bis er es in der eigenen Hand gewahr wird; dadurch scherzhaft er-
freut, umarmt er Sachs nochmals voll feurigen Dankes und stürzt
dann, hinkend und strauchelnd, geräuschvoll durch die Ladentür ab.)

Sachs (sieht Beckmesser gedankenvoll lächelnd nach).
So ganz boshaft doch keinen ich fand,
    er hält's auf die Länge nicht aus:
vergeudet mancher oft viel Verstand,
    doch hält er auch damit Haus:
die schwache Stunde kommt für jeden;
da wird er dumm und läßt mit sich reden. —
Daß hier Herr Beckmesser ward zum Dieb,
ist mir für meinen Plan sehr lieb. —

(Eva nähert sich auf der Straße der Ladentür. Sachs wendet sich
um und gewahrt Eva.)

Sieh, Evchen! Dacht' ich doch, wo sie blieb'!

Vierter Auftritt

Eva, reich geschmückt, in glänzender weißer Kleidung, etwas leidend
und blaß, tritt zum Laden herein und schreitet langsam vor.

Sachs. Grüß Gott, mein Evchen! Ei, wie herrlich
    und [wie] stolz du's heute meinst!

Du machst wohl alt und jung begehrlich,
    wenn du so schön erscheinst.

Eva. Meister! 's ist nicht so gefährlich:
    und ist's dem Schneider geglückt,
wer sieht dann [an], wo's mir beschwerlich,
    wo still der Schuh mich drückt?

Sachs. Der böse Schuh! 's war deine Laun',
daß du ihn gestern nicht probiert.

Eva. Merk' wohl, ich hatt' zu viel Vertrau'n:
im Meister hatt' ich mich geirrt.

Sachs. Ei, 's tut mir leid! Zeig' her, mein Kind,
daß ich dir helfe gleich geschwind.

Eva. Sobald ich stehe, will es gehn:
doch will ich gehn, zwingt's mich zu stehn.

Sachs. Hier auf den Schemel streck' den Fuß:
der üblen Not ich wehren muß.
    (Sie streckt den Fuß auf den Schemel beim Werktisch.)
Was ist's mit dem?

Eva. Ihr seht, zu weit!

Sachs. Kind, das ist pure Eitelkeit:
der Schuh ist knapp.

Eva. Das sagt' ich ja:
drum drückt er mich an den [mir die] Zehen da.

Sachs. Hier links?

Eva. Nein, rechts.

Sachs. Wohl mehr am Spann?

Eva. Hier, mehr am Hacken.

Sachs. Kommt der auch dran?

Eva. Ach Meister! Wüßtet Ihr besser als ich,
wo der Schuh mich drückt?

Sachs. Ei, 's wundert mich,
daß er zu weit und doch drückt überall?

(Walther, in glänzender Rittertracht, tritt unter die Tür der Kammer. Eva stößt einen [leisen] Schrei aus und bleibt, unverwandt auf Walther blickend, in ihrer Stellung, mit dem Fuße auf dem Schemel. Sachs, der vor ihr niedergebückt steht, bleibt mit dem Rücken der Tür zugekehrt, ohne Walthers Eintritt zu beachten. Walther, durch den Anblick Evas festgebannt, bleibt ebenfalls unbeweglich unter der Tür stehen.)

Aha! hier sitzt's! Nun begreif' ich den Fall!
Kind, du hast recht: 's stak in der Naht: —
nun warte, dem Übel schaff' ich Rat.

Bleib nur so stehn; ich nehm' dir den Schuh
eine Weil' auf den Leisten: dann läßt er dir Ruh'!
(Er hat ihr sanft den Schuh vom Fuße gezogen; während sie in ihrer
Stellung verbleibt, macht er sich am Werktisch mit dem Schuh zu
schaffen und tut, als beachte er nichts anderes.)

Sachs (bei der Arbeit).
Immer schustern! das ist nun mein Los;
des Nachts, des Tags — komm' nicht davon los! —
Kind, hör' zu! Ich hab' mir's überdacht,
was meinem Schustern ein Ende macht:
am besten, ich werbe doch noch um dich;
da gewänn' ich doch was als Poet für mich! —
Du hörst nicht drauf? — So sprich doch jetzt!
Hast mir's ja selbst in den Kopf gesetzt. —
Schon gut! — ich merk'! — „Mach' deinen Schuh!"...
Säng' mir nur wenigstens einer dazu!
Hörte heut gar ein schönes Lied: —
wem dazu wohl ein dritter Vers geriet!

Walther (den begeisterten Blick unverwandt auf Eva geheftet).
„Weilten die Sterne im lieblichen Tanz?
      So licht und klar im Lockenhaar,
         vor allen Frauen hehr zu schauen,
lag ihr mit zartem Glanz ein Sternenkranz. —

Sachs (immerfort arbeitend).
Lausch', Kind! das ist ein Meisterlied.

Walther. Wunder ob Wunder nun bieten sich dar:
zwiefachen Tag ich grüßen mag;
denn gleich zwei'n Sonnen reinster Wonnen
der hehrsten Augen Paar nahm ich da [nun] wahr. —

Sachs (beiseite zu Eva). Derlei hörst du jetzt bei mir singen.

Walther. Huldreichstes Bild,
dem ich zu nahen mich erkühnt:
den Kranz, vor zweier Sonnen Strahl
zugleich verblichen und ergrünt,
      minnig und mild,
sie flocht ihn um das Haupt dem Gemahl.
Dort Huld=geboren, nun Ruhm=erkoren,
gießt paradiesische Lust sie in des Dichters Brust —
      im Liebestraum." —

7*

Sachs (hat den Schuh zurückgebracht und ist jetzt [während der Schlußverse von Walthers Gesang] darüber, ihn Eva wieder anzuziehen).

Nun schau', ob dazu [dabei] mein Schuh geriet?
    Mein' endlich doch,
    es tät' mir gelingen?
Versuch's! tritt auf! — Sag', drückt er dich noch?

(Eva, die wie bezaubert regungslos gestanden, gesehen und gehört hat, bricht jetzt in heftiges Weinen aus, sinkt Sachs an die Brust und drückt ihn schluchzend an sich. — Walther ist zu ihnen getreten; er drückt begeistert Sachs die Hand. — Sachs tut sich endlich Gewalt an, reißt sich wie unmutig los und läßt dadurch Eva unwillkürlich an Walthers Schulter sich anlehnen.)

Sachs. Hat man mit dem Schuhwerk nicht seine Not!
Wär' ich nicht noch Poet dazu,
ich machte länger keine Schuh'!
Das ist eine Müh' und Aufgebot!
Zu weit dem einen, dem andern zu eng;
von allen Seiten Lauf und Gedräng':
    da klappt's, da schlappt's,
    hier drückt's, da zwickt's!
Der Schuster soll auch alles wissen,
flicken, was nur immer zerrissen;
und ist er nun [gar] Poet dazu,
so [da] läßt man am End' ihm auch da keine Ruh':
doch [und] ist er erst noch Witwer gar,
zum Narren hält [macht] man ihn fürwahr;
die jüngsten Mädchen, ist Not am Mann,
begehren, er hielte um sie an;
versteht er sie, versteht er sie nicht,
all eins, ob ja, ob nein er spricht:
am End' riecht er doch nach Pech
und gilt für dumm, tückisch und frech!
Ei, 's ist mir nur um den Lehrbuben leid;
    der verliert mir allen Respekt;
die Lene macht ihn schon nicht recht gescheit,
    daß aus Töpf' und Tellern er leckt!
Wo Teufel er jetzt nur wieder steckt?
    (Er stellt sich, als wolle er nach David sehen.)

Eva (indem sie Sachs zurückhält und von neuem an sich zieht).
O Sachs, mein Freund! Du teurer Mann!
Wie ich dir Edlem lohnen kann!

Was ohne deine Liebe,
was wär' ich ohne dich,
ob je auch Kind ich bliebe,
erwecktest du mich nicht?
Durch dich gewann ich,
was man preist,
durch dich ersann ich,
was ein Geist!
Durch dich erwacht,
durch dich nur dacht'
ich edel, frei und kühn:
du ließest mich erblühn! —
Ja [O] lieber Meister! schilt mich nur!
Ich war doch auf der rechten Spur:
denn, hatte ich die Wahl,
nur dich erwählt' ich mir:
du warest mein Gemahl,
den Preis nur reicht' ich dir! —
Doch nun hat's mich gewählt
zu nie gekannter Qual:
und werd' ich heut vermählt,
so war's ohn' alle Wahl!
Das war ein Müssen, war ein Zwang!
Euch [Dir] selbst, mein Meister, wurde bang.

Sachs. Mein Kind:
von Tristan und Isolde
kenn' ich ein traurig Stück:
Hans Sachs war klug und wollte
nichts von Herrn Markes Glück. —
's war Zeit, daß ich den Rechten fand [erkannt]:
wär' sonst am End' doch hineingerannt! —
Aha! da streicht die Lene schon ums Haus.
Nur herein! — He, David! Kommst nicht heraus?

(Magdalene, in festlichem Staate, tritt durch die Ladentür herein;
David, ebenfalls im Festkleid, mit Blumen und Bändern sehr reich
und zierlich herausgeputzt, kommt zugleich aus der Kammer.)

Die Zeugen sind da, Gevatter zur Hand;
jetzt schnell zur Taufe, nehmt euren Stand.

(Alle blicken ihn verwundert an.)

Ein Kind ward hier geboren;
jetzt sei ihm ein Nam' erkoren!

So ist's nach Meisterweis' und Art,
wenn eine Meister=Weise geschaffen ward:
daß die einen guten Namen trag',
dran jeder sie erkennen mag. —
  Vernehmt, respektable Gesellschaft,
   was euch hier[her] zur Stell' schafft! —
Eine Meisterweise ist gelungen,
von Junker Walther gedichtet und gesungen;
der jungen Weise lebender Vater
lud mich und die Pognerin zu Gevatter:
weil wir die Weise wohl vernommen,
sind wir zur Taufe hierher gekommen.
Auch daß wir zur Handlung Zeugen haben,
ruf' ich Jungfer Lene und meinen Knaben:
doch da's zum Zeugen kein Lehrbube tut
und heut auch den Spruch er gesungen gut,
so mach' ich den Burschen gleich zum Gesell;
knie nieder, David, und nimm diese Schell'!
 (David ist niedergekniet: Sachs gibt ihm eine starke Ohrfeige.)

Steh auf, Gesell! und denk' an den Streich;
du merkst dir dabei die Taufe zugleich! —
Fehlt sonst noch was, uns keiner [drum] schilt:
wer weiß, ob's nicht gar einer Nottaufe gilt.
Daß die Weise Kraft behalte zum Leben,
will ich nur gleich den Namen ihr geben: —
„die selige Morgentraumdeut=Weise"
sei sie genannt zu des Meisters Preise. —
Nun wachse sie groß, ohn' Schad und Bruch:
die jüngste Gevatterin spricht den Spruch.
 (Er tritt aus der Mitte des Halbkreises, der von den übrigen um
ihn gebildet war, auf die Seite, so daß nun Eva in die Mitte zu
   stehen kommt.)

Eva. Selig, wie die Sonne
  meines Glückes lacht,
  Morgen voller Wonne
  selig mir erwacht!
  Traum der höchsten Hulden,
  himmlisch Morgenglühn!
  Deutung euch zu schulden,
  selig süß Bemühn!

Einer Weise mild und hehr
sollt' es hold gelingen,
meines Herzens süß Beschwer
deutend zu bezwingen.
Ob es nur ein Morgentraum?
Selig deut' ich mir es kaum.
Doch die Weise, was sie leise
mir vertraut hell und laut,
in der Meister vollem Kreis
deute sie auf den höchsten Preis!

Sachs. Vor dem Kinde lieblich hold [hehr]
möcht' ich gern wohl singen;
doch des Herzens süß Beschwer
galt es zu bezwingen.
's war ein schöner Abend= [Morgen=] Traum:
dran zu deuten wag' ich kaum.
Diese Weise, was sie leise
mir anvertraut im stillen Raum,
sagt mir laut:
auch der Jugend ew'ges Reis
grünt nur durch des Dichters Preis.

Walther. Deine Liebe ließ es mir gelingen,
meines Herzens süß Beschwer deutend zu be=
Ob es noch der Morgentraum?   [zwingen.
Selig deut' ich es mir kaum.
Doch die Weise, was sie leise
dir vertraut im stillen Raum
hell und laut,
in der Meister vollem Kreis
werbe sie um den höchsten Preis!

David. Wach' oder träum' ich schon so früh?
Das zu erklären macht mir Müh'.
's ist wohl nur ein Morgentraum:
Was ich seh', begreif' ich kaum!
Ward zur Stelle gleich Geselle?
Lene Braut?
Im Kirchenraum wir gar getraut?
's geht der Kopf mir wie im Kreis,
daß ich Meister gar bald heiß'!

Magdalene. Wach' oder träum' ich schon so früh?
Das zu erklären macht mir Müh':

'ß ist wohl nur ein Morgentraum?
Was ich seh', begreif ich kaum!
Er zur Stelle gleich Geselle?
Ich die Braut?
Im Kirchenraum wir gar getraut?
Ja, wahrhaftig! 's geht: wer weiß?
Daß ich Meist'rin bald heiß'!

[Das Orchester geht sehr leise in eine marschmäßige, heitere Weise
über. — Sachs ordnet den Aufbruch an.]

Sachs (zu den Übrigen sich wendend).
Jetzt all am Fleck! (Zu Eva.) Den Vater grüß'!
Auf, nach der Wies', schnell auf die Füß'!

(Eva [trennt sich von Sachs und Walther und] verläßt mit Magdalene die Werkstatt.)

(Zu Walther.) Nun, Junker! Kommt! Habt frohen Mut! —
David, Gesell! Schließ den Laden gut!

(Als Sachs und Walther ebenfalls auf die Straße gehen und David
sich über das Schließen der Ladentür hermacht, wird im Proszenium
ein Vorhang von beiden Seiten zusammengezogen, so daß er die
Szene gänzlich verschließt. — Als die Musik allmählich zu größerer
Stärke angewachsen ist, wird der Vorhang nach der Höhe zu auf-
gezogen. Die Bühne ist verwandelt.)

Verwandlung

Ein freier Wiesenplan, im ferneren Hinter-
grunde die Stadt Nürnberg.

Die Pegnitz schlängelt sich durch den Plan: der schmale Fluß ist an
den nächsten Punkten praktikabel gehalten. Buntbeflaggte Kähne
setzen unablässig die Ankommenden, festlich geschmückten Bürger der
Zünfte mit Frauen und Kindern an das Ufer der Festwiese über.
Eine erhöhte Bühne mit Bänken und Sitzen darauf ist rechts zur
Seite aufgeschlagen; bereits ist sie mit den Fahnen der angekom-
menen Zünfte ausgeschmückt; im Verlaufe stecken die Fahnenträger
der noch ankommenden Zünfte ihre Fahnen ebenfalls um die Sängerbühne auf, so daß diese schließlich nach drei Seiten hin ganz davon
eingefaßt ist. — Zelte mit Getränken und Erfrischungen aller Art
begrenzen im übrigen die Seiten des vorderen Hauptraumes.

Fünfter Auftritt

Vor den Zelten geht es bereits lustig her: Bürger mit Frauen, Kindern und Gesellen sitzen und lagern daselbst. — Die Lehrbuben der
Meistersinger, festlich gekleidet, mit Blumen und Bändern reich und

anmutig geschmückt, üben mit schlanken Stäben, die ebenfalls mit
Blumen und Bändern geziert sind, in lustiger Weise das Amt von
Herolden und Marschällen aus. Sie empfangen die am Ufer Aus-
steigenden, ordnen die Züge der Zünfte und geleiten diese nach der
Singerbühne, von wo aus, nachdem der Bannerträger die Fahne
aufgepflanzt, die Zunftbürger und Gesellen nach Belieben sich unter
den Zelten zerstreuen. Soeben, nach der Verwandlung, werden in
der angegebenen Weise die Schuster am Ufer empfangen und nach
dem Vordergrunde geleitet.

Die Schuster (mit fliegender Fahne aufziehend).
Sankt Crispin, lobet ihn!
War gar ein heilig Mann,
zeigt', was ein Schuster kann.
Die Armen hatten gute Zeit,
macht' ihnen warme Schuh';
und wenn ihm keiner 's Leder leiht',
so stahl er sich's dazu.
Der Schuster hat ein weit Gewissen,
macht Schuhe selbst mit Hindernissen;
und ist vom Gerber das Fell erst weg,
dann streck! streck! streck!
Leder taugt nur am rechten Fleck.

(Die Stadtwächter und Heerhornbläser mit Trompeten und Trom-
meln sowie die Stadtpfeifer, Lautenmacher usw. ziehen, auf ihren
Instrumenten spielend, auf. Ihnen folgen Gesellen mit Kinder-
instrumenten.)

Die Schneider (mit fliegender Fahne aufziehend).
Als Nürenberg belagert war
und Hungersnot sich fand,
wär' Stadt und Volk verdorben gar,
war nicht ein Schneider zur Hand,
der viel Mut hatt' und Verstand.
Hat sich in ein Bocksfell eingenäht,
auf dem Stadtwall da spazierengeht
und macht wohl seine Sprünge
gar lustig guter Dinge.
Der Feind, der sieht's und zieht vom Fleck:
der Teufel hol' die Stadt sich weg,
hat's drin noch so lustige Meck-meck-meck!
Meck! Meck! Meck!
Wer glaubt's, daß ein Schneider im Bocke steck'!

Die Bäcker (ziehen mit fliegender Fahne auf, dicht hinter
den Schneidern, so daß ihr Lied in das der Schneider hineinklingt).

Hungersnot! Hungersnot!
Das ist ein greulich Leiden!
Gäb' euch der Bäcker [kein] nicht täglich Brot,
müßt alle Welt verscheiden.
Beck! Beck! Beck!
Täglich auf dem Fleck!
Nimm uns den Hunger weg!

Die Schuster (welche ihre Fahne aufgesteckt, begegnen beim Herabschreiten von der Sängerbühne den Bäckern).

Streck! Streck! Streck!
Leder taugt nur am rechten Fleck.

Die Schneider (nachdem die Fahne aufgesteckt, herabschreitend).

Meck! Meck! Meck!
Wer meint, daß ein Schneider im Bocke steck'!

(Ein bunter Kahn mit jungen Mädchen in reicher bäuerischer Tracht kommt an.)

Lehrbuben (laufen nach dem Gestade).

Herrje! Herrje! Mädel von Fürth!
Stadtpfeifer, spielt, daß's lustig wird!

(Sie heben die Mädchen aus dem Kahn [und tanzen mit ihnen, während die Stadtpfeifer spielen, nach dem Vordergrunde]. — Das Charakteristische des Tanzes besteht darin, daß die Lehrbuben die Mädchen scheinbar nur an den Platz bringen wollen; sowie die Gesellen zugreifen wollen, ziehen die Buben die Mädchen aber immer wieder zurück, als ob sie sie anderswo unterbringen wollten, wobei sie meistens den ganzen Kreis, wie wählend, ausmessen und somit die scheinbare Absicht auszuführen anmutig und lustig verzögern.)

David (kommt vom Landungsplatz vor und sieht mißbilligend dem Tanze zu).

Ihr tanzt? Was werden die Meister sagen?

(Die Lehrbuben drehen ihm Nasen.)

Hört nicht? — Laß' ich mir's auch behagen!

(Er nimmt sich ein junges, schönes Mädchen und gerät im Tanze mit ihr schnell in großes Feuer. Die Zuschauer freuen sich und lachen.)

Ein paar Lehrbuben (winken David).

David! die Lene! die Lene sieht zu!

David (erschrocken, läßt das Mädchen schnell fahren, um welches die Lehrbuben sogleich tanzend einen Kreis schließen; da er Lene nirgends gewahrt, merkt David, daß er nur gencckt worden, durchbricht den Kreis, erfaßt sein Mädchen wieder und tanzt nun noch feuriger weiter).

Ach! laßt mich mit euren Possen in Ruh'!

(Die Buben suchen ihm das Mädchen zu entreißen, er wendet sich mit ihr jedesmal glücklich ab, so daß nun ein ähnliches Spiel entsteht wie zuvor, als die Gesellen nach den Mädchen faßten.)

Gesellen (am Ufer). Die Meistersinger!

Lehrbuben. Die Meistersinger!

(Sie unterbrechen schnell den Tanz und eilen zum Ufer.)

David. Herrgott! — Ade, ihr hübschen Dinger!

(Er gibt dem Mädchen einen feurigen Kuß und reißt sich los. Die Lehrbuben reihen sich zum Empfang der Meistersinger. Das Volk macht ihnen willig Platz. — Die Meistersinger ordnen sich am Landungsplatze zum festlichen Aufzuge [um auf der erhöhten Bühne ihre Plätze einzunehmen. Voran Kothner als Fahnenträger; dann Pogner, Eva an der Hand führend; diese ist von festlich geschmückten und reich gekleideten jungen Mädchen, unter denen auch Magdalene, begleitet. Dann folgen die übrigen Meistersinger]. Wenn Kothner im Vordergrunde ankommt, wird die geschwungene Fahne, auf welcher König David mit der Harfe abgebildet ist, von allem Volk mit Hutschwenken begrüßt. Der Zug ist nun auf der Singerbühne angelangt, wo Kothner die Fahne [gerade in der Mitte der übrigen und sie alle überragend] aufpflanzt. Als Eva, von den Mädchen umgeben, den mit Blumen geschmückten Ehrenplatz eingenommen und alle übrigen, die Meister auf den Bänken, die Gesellen hinter ihnen stehend, ebenfalls Platz genommen, treten die Lehrbuben, dem Volke zugewendet, feierlich vor die Bühne in Reih' und Glied.)

Lehrbuben. Silentium! Silentium!
Macht kein [Laßt all] Reden und Gesumm'.

(Sachs erhebt sich und tritt vor. Bei seinem Anblick stößt sich alles an; Hüte und Mützen werden abgezogen: Alle deuten auf ihn.)

Alles Volk. Ha! Sachs! 's ist Sachs!
Seht! Meister Sachs!
Stimmt an! Stimmt an! Stimmt an!

(Alle Sitzenden erheben sich; die Männer bleiben mit entblößtem Haupte. Beckmesser bleibt, mit dem Memorieren des Gedichtes beschäftigt, hinter den anderen Meistern versteckt, so daß er bei dieser Gelegenheit der Beachtung des Publikums entzogen wird. Außer Sachs singen alle Anwesenden die folgende Strophe mit.)

[(Mit feierlicher Haltung.)]

„Wach' auf, es nahet gen den Tag,
ich hör' singen im grünen Hag
ein' wonnigliche Nachtigal,
ihr' Stimm' durchdringet Berg und Tal:
die Nacht neigt sich zum Okzident,
der Tag geht auf von Orient,
die rotbrünstige Morgenröt'
her durch die trüben Wolken geht."

(Das Volk nimmt wieder eine jubelnd bewegte Haltung an. Der
Chor des Volkes fingt nun wieder allein. Die Meifter auf der Bühne
fowie die anderen vorigen Teilnehmer am Gefange der Strophe
geben fich dem Schaufpiele des Volksjubels hin.)

Heil Sachs! Heil dir, Sachs!
Heil Nürnbergs teurem Sachs!

([Längeres Schweigen großer Ergriffenheit.] Sachs, der unbeweglich,
wie geistesabwesend, über die Volksmenge hinweg geblickt hatte, richtet endlich feine Blicke vertrauter auf fie, verneigt fich freundlich und
beginnt mit ergriffener, schnell aber fich feftigender Stimme.)

Sachs. Euch wird es leicht, mir macht ihr's schwer,
gebt ihr mir mit Armen zuviel Ehr'.
Soll [fuch'] vor der Ehr' ich [zu] beftehn,
fei's, mich von euch geliebt zu fehn!
Schon große Ehr' ward mir erkannt,
ward heut ich zum Spruchsprecher ernannt:
und was mein Spruch euch künden foll,
glaubt, das ift hoher Ehren voll!
Wenn ihr die Kunst fo hoch schon ehrt,
da galt es zu beweifen,
daß, wer ihr felbft gar angehört,
fie schätzt ob allen Preifen.
Ein Meifter, reich und hochgemut,
der will heut euch das zeigen:
fein Töchterlein, fein höchftes Gut,
mit allem Hab und Eigen,
dem Singer, der im Kunftgefang
vor allem Volk den Preis errang,
als höchften Preifes Kron'
er bietet das zum Lohn.
Darum fo hört und ftimmt mir bei:
die Werbung fteh' dem Dichter frei.
Ihr Meifter, die ihr's euch getraut,
euch ruf ich's vor dem Volke laut:
erwägt der Werbung feltnen Preis,
und wem fie foll gelingen,
daß er fich rein und edel weiß,
im Werben wie im Singen
will er das Reis erringen,
daß nie bei Neuen noch bei Alten
ward je fo herrlich hoch gehalten

als von der lieblich Reinen,
die niemals soll beweinen,
daß Nürenberg mit höchstem Wert
die Kunst und ihre Meister ehrt.

(Große Bewegung unter allen. — Sachs geht auf Pogner zu, der
ihm gerührt die Hand drückt.)

Pogner. O Sachs! Mein Freund! Wie dankenswert!
Wie wißt Ihr, was mein Herz beschwert!

Sachs (zu Pogner).
's war viel gewagt! Jetzt habt nur Mut!

(Er wendet sich zu Beckmesser, der schon während des Einzuges und
dann fortwährend eifrig das Blatt mit dem Gedicht [heimlich] her-
ausgezogen, memoriert, genau zu lesen versucht und oft verzweiflungsvoll sich den Schweiß getrocknet hat.)

Herr Merker! Sagt, wie steht es? Gut?

Beckmesser. O dieses Lied! — Werd' nicht draus klug
und hab' doch dran studiert genug!

Sachs. Mein Freund, 's ist Euch nicht aufgezwungen.

Beckmesser. Was hilft's! — Mit dem meinen ist doch
versungen!

's war Eure Schuld! — Jetzt seid hübsch für mich!
's wär' schändlich, ließt Ihr mich im Stich!

Sachs. Ich dächt', Ihr gäbt's auf.

Beckmesser. Warum nicht gar?
Die andren sing' ich alle zu Paar'!
Wenn Ihr nur nicht singt.

Sachs. So seht, wie's geht!

Beckmesser. Das Lied! — bin's sicher — zwar keiner
[niemand] versteht!
doch bau' ich auf Eure Popularität.

Sachs. Nun denn, wenn's Meistern und Volk beliebt,
Zum Wettgesang man den Anfang gibt.

Kothner (tritt vor).
Ihr ledig' Meister, macht euch bereit!
Der Ältest' sich zuerst anläßt: —
Herr Beckmesser, Ihr fangt an, 's ist Zeit!

(Die Lehrbuben führen Beckmesser zu einem kleinen Rasenhügel vor
der Singerbühne, welchen sie zuvor festgerammelt und reich mit
Blumen überdeckt haben.)

Beckmesser (strauchelt darauf, tritt unsicher und schwankt).
Zum Teufel! Wie wackelig! Macht das hübsch fest!

(Die Buben lachen unter sich und stopfen lustig an dem Rasen.)

Das Volk (stößt sich gegenseitig lustig an [während Beckmesser sich zurechtmacht]).

Wie, der? Der wirbt? Scheint mir nicht der Rechte!
An der Tochter Stell' ich den nicht möchte. —
        Ach, der [Er] kann ja nicht mal stehn:
        Wie soll es [wird's] mit dem gehn? —
Seid still! 's ist gar ein tücht'ger Meister!
Stadtschreiber ist er: Beckmesser heißt er. —
Gott! ist der dumm! Er fällt fast um! —
Still! macht keinen Witz;
der hat im Rate Stimm' und Sitz.
                (Viele lachen.)

Die Lehrbuben (in Aufstellung). Silentium! Silentium!
Macht kein [Laßt all das] Reden und kein Gesumm'!

Kothner. Fanget an!

Beckmesser (der sich endlich mit Mühe auf dem Rasenhügel festgestellt hat, macht eine erste Verbeugung gegen die Meister, eine zweite gegen das Volk, dann gegen Eva, auf welche er, da sie sich abwendet, nochmals verlegen hinblinzelt; große Beklommenheit erfaßt ihn; er sucht sich durch das Vorspiel auf der Laute zu ermutigen [singt mit seiner Melodie, verkehrter Prosodie und mit süßlich verzierten Absätzen, öfters durch mangelhaftes Memorieren gänzlich behindert und mit immer wachsender ängstlicher Verwirrung]).

„Morgen ich leuchte in rosigem Schein,
von Blut und Duft geht schnell die Luft; —
wohl bald gewonnen wie zerronnen —
im Garten lud ich ein — garstig und fein." —
        (Er richtet sich wieder ein, besser auf den Füßen zu stehen.)

Die Meister (leise unter sich).

Mein! was ist das? Ist er von Sinnen?
Woher mocht' er solche Gedanken gewinnen?

Volk (ebenso).

Sonderbar! Hört ihr's? Wen lud er ein?
Verstand man recht? Wie kann das sein?

Beckmesser (zieht das Blatt verstohlen hervor und lugt eifrig hinein; dann steckt er es ängstlich wieder ein).

„Wohn' ich erträglich im selbigen Raum,
hol' Gold und Frucht — Bleisaft und Wucht.
        (Er lugt in das Blatt.)
Mich holt am Pranger — der Verlanger —
auf luft'ger Steige kaum — häng' ich am Baum." —
        (Er wackelt wieder sehr; sucht im Blatt zu lesen, vermag es nicht;
        ihm schwindelt, Angstschweiß bricht aus.)

Das Volk [(immer lauter).]
Schöner Werber! Der find't seinen Lohn:
bald hängt er am Galgen; man sieht ihn schon.
Die Meister. Was soll das heißen? Ist er nur toll?
Sein Lied ist ganz von Unsinn voll!

Beckmesser (rafft sich verzweiflungsvoll und ingrimmig auf).
„Heimlich mir graut —
weil hier es munter will hergehn: —
an meiner Leiter stand ein Weib —
sie schämt' und wollt' mich nicht besehn.

Bleich wie ein Kraut —
umfasert mir Hanf meinen Leib; —
die Augen zwinkend — der Hund blies winkend —
was ich vor langem verzehrt —
wie Frucht, so Holz und Pferd —
vom Leberbaum."

(Alles bricht in ein dröhnendes Gelächter aus.)

Beckmesser (verläßt wütend den Hügel und stürzt auf Sachs zu).
Verdammter Schuster! Das dank' ich dir!
Das Lied, es ist gar nicht von mir:
von Sachs, der hier so hoch verehrt,
von eurem Sachs ward mir's beschert!
Mich hat der Schändliche gedrängt,
sein schlechtes Lied mir aufgehängt.

(Er stürzt wütend fort und verliert sich unter dem Volke.)
[(Großer Aufstand.)]

Volk. Mein! Was soll das sein? Jetzt wird's immer
bunter!
Von Sachs das Lied? Das nähm' uns doch wunder!
Kothner. Erklärt doch, Sachs!
Vogelgesang. Von Euch das Lied?
Nachtigall. Welch ein Skandal!
Ortel und **Folz.** Welch eigner Fall!
Sachs (hat ruhig das Blatt, welches ihm Beckmesser hingeworfen, aufgenommen).
Das Lied fürwahr ist nicht von mir:
Herr Beckmesser irrt wie dort so hier!
Wie er dazu kam, mag er selbst sagen;
doch möcht' ich nie mich zu rühmen wagen,
ein Lied, so schön wie dies erdacht,
sei von mir, Hans Sachs, gemacht.

Meistersinger. Wie? schön das Lied? Dieser Unsinnswust?
Volk. Hört, Sachs macht Spaß! Er sagt es nur zu Lust.
Sachs. Ich sag' euch Herrn, das Lied ist schön:
nur ist's auf den ersten Blick zu ersehn,
daß Freund Beckmesser es entstellt.
Doch schwör' ich, daß es euch gefällt,
  wenn richtig [die] Wort' und Weise
  hier einer säng' im Kreise.
Und wer dies verstünd', zugleich bewies',
  daß er des Liedes Dichter
und gar mit Rechte Meister hieß,
  fänd' er geneigte Richter. —
Ich bin verklagt und muß bestehn:
drum laßt mich meinen Zeugen ausersehn! —
Ist jemand hier, der Recht mir weiß,
der tret' als Zeug' in diesen Kreis!

(Walther tritt aus dem Volke hervor und begrüßt Sachs, sodann nach den beiden Seiten hin die Meister und das Volk mit ritterlicher Freundlichkeit. Es entsteht sogleich eine angenehme Bewegung. Alles weilt einen Augenblick schweigend in seiner Betrachtung.)

So zeuget, das Lied sei nicht von mir,
und zeuget auch, daß, was ich hier
vom Lied hab' gesagt, zuviel nicht sei gewagt.
Die Meister. Wie fein! Ei, Sachs! [Gesteht,] Ihr seid
     gar fein! —
Doch [So] mag es [denn] heut geschehen sein.
Sachs. Der Regel Güte daraus man erwägt,
daß sie auch mal 'ne Ausnahm' verträgt.
Das Volk. Ein guter Zeuge, stolz [schön] und kühn!
Mich dünkt, dem kann was Gut's erblühn.
Sachs. Meister und Volk sind gewillt
zu vernehmen, was mein Zeuge gilt.
Herr Walther von Stolzing, singt das Lied!
Ihr Meister lest, ob's ihm geriet.
   (Er übergibt Kothner das Blatt zum Nachlesen.)
Die Lehrbuben (in Aufstellung).
Alles gespannt! 's gibt kein Gesumm':
da rufen wir auch nicht Silentium!
Walther (beschreitet festen Schrittes den kleinen Blumenhügel).
„Morgenlich leuchtend im rosigen Schein,
von Blüt' und Duft geschwellt die Luft,

voll aller Wonnen nie ersonnen,
ein Garten lud mich ein —

(Kothner läßt das Blatt, in welchem er mit den anderen Meistern
eifrig nachzulesen begonnen, vor Ergriffenheit unwillkürlich fallen;
er und die übrigen hören nur noch teilnahmsvoll zu. Walther
scheint es — unmerklich — gewahrt zu haben und fährt nun in
freier Fassung fort. Wie entrückt.)

dort unter einem Wunderbaum,
      von Früchten reich behangen,
zu schaun in sel'gem Liebestraum,
      was höchstem Lustverlangen
      Erfüllung kühn verhieß —
      das schönste Weib,
      Eva im Paradies."

Das Volk (leise flüsternd).
Das ist was andres! Wer hätt's gedacht?
Was doch recht Wort und Vortrag macht!
Die Meistersinger (leise flüsternd).
Jawohl! Ich merk'! 's ist ein ander Ding,
ob falsch man oder richtig sing'.
Sachs. Zeuge am Ort! Fahret fort!
Walther. „Abendlich dämmernd umschloß mich die Nacht;
auf steilem Pfad war ich genaht
wohl [zu] einer Quelle reiner [edler] Welle,
      die lockend mir gelacht:
dort unter einem Lorbeerbaum,
      von Sternen hell durchschienen,
ich schaut' im wachen Dichtertraum,
      von [mit] heilig holden Mienen,
      mich netzend mit dem Naß,
      das hehrste Weib —
      die Muse des Parnaß."

Das Volk [(immer leiser, für sich)].
So hold und traut, wie fern es schwebt,
doch ist es grad', als ob man selber alles mit erlebt!
Die Meistersinger. 's ist kühn und seltsam, das ist wahr:
doch wohlgereimt und singebar.
Sachs. [Zum dritten,] Zeuge wohl erkiest!
      Fahret fort und schließt!
Walther (mit größter Begeisterung).
      „Huldreichster Tag,

8 Wagner, Die Meistersinger

dem ich aus Dichters Traum erwacht!
Das ich erträumt, das Paradies,
in himmlisch neu verklärter Pracht
        hell vor mir lag,
dahin lachend nun der Quell den Pfad mir wies:
die dort geboren, mein Herz erkoren,
        der Erde lieblichstes Bild,
        als [zur] Muse mir geweiht,
        so heilig hehr [ernst] als mild,
        ward kühn von mir gefreit,
        am lichten Tag der Sonnen
        durch Sanges Sieg gewonnen
        Parnaß und Paradies!"

Volk [(sehr leise den Schluß begleitend)].
Gewiegt wie in den schönsten Traum,
        hör' ich es wohl, doch faß' es kaum. (Zu Eva.)
Reich' ihm das Reis! Sein sei der Preis!
Keiner wie er zu werben weiß!

Die Meister (sich erhebend).
Ja, holder Sänger! Nimm das Reis!
Dein Sang erwarb dir Meisterpreis!

Pogner (mit großer Ergriffenheit zu Sachs sich wendend).
O Sachs! Dir dank' ich Glück und Ehr'!
Vorüber nun all Herzbeschwer!

(Walther ist auf die Stufen der Singerbühne geleitet worden und läßt sich dort vor Eva auf ein Knie nieder. Eva, die vom Anfang des Auftrittes her in sicherer, ruhiger Haltung verblieben und bei allen Vorgängen wie in seliger Geistesentrücktheit sich erhalten, hat Walther unverwandt zugehört; jetzt, während am Schlusse des Gesanges Volk und Meister, gerührt und ergriffen, unwillkürlich ihre Zustimmung ausdrücken, erhebt sie sich, schreitet an den Rand der Singerbühne und drückt auf die Stirn Walthers, welcher zu den Stufen herangetreten ist und vor ihr sich niedergelassen hat, einen aus Lorbeer und Myrten geflochtenen Kranz, worauf dieser sich erhebt und von ihr zu ihrem Vater geleitet wird, vor welchem beide niederknien; Pogner streckt segnend seine Hände über sie aus.)

Eva (zu Walther, indem sie ihn mit einem Kranz aus Lorbeer und Myrten bekränzt, sich hinabneigend).
Keiner wie du so hold zu werben weiß!

Sachs (zum Volk gewandt, auf Walther und Eva deutend).
Den Zeugen, denk' es, wählt' ich gut:
tragt ihr Hans Sachs drum üblen Mut?

Volk (bricht schnell und heftig in jubelnde Bewegung aus).
Hans Sachs! Nein! Das war schön erdacht!
Das habt Ihr einmal wieder gut gemacht!
  Meistersinger. Auf, Meister Pogner! Euch zum Ruhm,
meldet dem Junker sein Meistertum.
  Pogner (mit einer goldnen Kette, daran drei große Denk-
münzen, zu Walther).
Geschmückt mit König Davids Bild,
nehm' ich Euch auf in der Meister Gild'.
  Walther (mit schmerzlicher Heftigkeit abweisend).
    Nicht Meister! Nein! (Er blickt zärtlich auf Eva.)
Will ohne Meister selig sein!
    (Alles blickt mit großer Betroffenheit auf Sachs.)
  Sachs (schreitet auf Walther zu und faßt ihn bedeutungsvoll
bei der Hand). Verachtet mir die Meister nicht
    und ehrt mir ihre Kunst!
Was ihnen hoch zum Lobe spricht,
    fiel reichlich Euch zur Gunst!
Nicht Euren Ahnen, noch so wert,
nicht Eurem Wappen, Speer noch Schwert,
    daß Ihr ein Dichter seid,
    ein Meister Euch gefreit,
dem dankt Ihr heut Eu'r höchstes Glück.
Drum, denkt mit Dank Ihr dran zurück,
wie kann die Kunst wohl unwert sein,
die solche Preise schließet ein? —
Daß unsre Meister sie gepflegt,
    grad' recht nach ihrer Art,
nach ihrem Sinne treu gehegt,
    das hat sie echt bewahrt:
blieb sie nicht adlig wie zur Zeit,
wo Höf' und Fürsten sie geweiht,
    im Drang der schlimmen Jahr'
    blieb sie doch deutsch und wahr;
und wär' sie anders nicht geglückt,
als wie, wo alles drängt und drückt',
Ihr seht, wie hoch sie blieb in Ehr'!
Was wollt Ihr von den Meistern mehr?
Habt acht! Uns dräuen üble Streich': —
zerfällt erst deutsches Volk und Reich,
in falscher welscher Majestät
kein Fürst bald [dann] mehr sein Volk versteht;

und welſchen Dunſt mit welſchem Tand
ſie pflanzen uns in deutſches Land.
Was deutſch und echt, wüßt' keiner mehr,
lebt's nicht in deutſcher Meiſter Ehr'.
　　Drum ſag' ich euch:
　　ehrt eure deutſchen Meiſter:
　　dann bannt ihr gute Geiſter!
Und gebt ihr ihrem Wirken Gunſt,
　　zerging' in Dunſt
　　das Heil'ge Röm'ſche Reich,
　　uns bliebe gleich
　　die heil'ge deutſche Kunſt!

(Während des folgenden Schlußgeſanges nimmt Eva den Kranz von
Walthers Stirn und drückt ihn Sachs auf; dieſer nimmt die Kette
aus Pogners Hand und hängt ſie Walther um. Nachdem Sachs das
Paar umarmt, bleiben Walther und Eva zu beiden Seiten an
Sachs' Schultern geſtützt; Pogner läßt ſich, wie huldigend, auf ein
Knie vor Sachs nieder. Die Meiſterſinger deuten mit erhobenen
Händen auf Sachs als auf ihr Haupt. Alle Anweſenden — ſchließlich
auch Walther und Eva — ſchließen ſich dem Geſange des Volkes an.)

Volk. Ehrt eure deutſchen Meiſter,
　　dann bannt ihr gute Geiſter;
und gebt ihr ihrem Wirken Gunſt,
　　zerging' in Dunſt
　　das Heil'ge Röm'ſche Reich,
　　uns bliebe gleich
　　die heil'ge deutſche Kunſt.

(Als es hier zu der bezeichneten Schlußgruppe gelangt iſt, ſchwenkt
das Volk begeiſtert Hüte und Tücher; die Lehrbuben tanzen und
　　　ſchlagen jauchzend in die Hände.)

　　Heil Sachs! [Hans Sachs!]
[Heil] Nürnbergs teurem Sachs!